Anna Laub

Die Frauen-WG

Teil 2

AF219691

Anna Laub

Die Frauen-WG
Teil 2
LGBTQ - Roman

Erste Auflage im Dezember 2022
Copyright © 2022
Anna Laub
c/o Autorenservice Patchwork
Schlossweg 6, A-9020 Klagenfurt
anna.j.eichenlaub@gmail.com
www.anna-j-eichenlaub.de

Umschlaggestaltung und Illustrationen:
Coverdesign by A&K Buchchover
Bildquelle:
PNGTree

Korrektorat: Bugno Korrektorat

Herstellung und Verlag: BoD – Books
on Demand, Norderstedt
ISBN 9 783756 874187

Für alle Menschen der LGBTQ-Community

1

Die Beziehung mit Paula hatte mal gerade elf Monate gehalten. Sie war oft eifersüchtig, was immer wieder zu Streitereien führte. Ich gab mir wirklich Mühe, aber sie hinterfragte jeden Mist, und egal was ich tat, es wurde nicht besser. Und wenn ich alles sage, dann meine ich tatsächlich alles. Ich konnte gar nichts mehr alleine unternehmen, ohne ihr Beweise zu liefern, dass es sich wirklich so zugetragen hatte und ich mich nicht nebenbei mit anderen Frauen traf. Der ganze Umgang wurde richtig anstrengend, bis wir uns am Ende mehr stritten, als liebten.

Wir gingen im Guten auseinander. Ich glaubte zwar nicht, dass wir jemals Freunde werden würden, aber wir waren beide davon überzeugt, dass eine Trennung für uns die bessere Lösung war.

Auch die Konstellation in der WG hatte sich zwischenzeitlich geändert. Es war klar, dass Klara irgendwann ausziehen musste. Selbst wenn sie nach außen hin vorgab, dass alles in Ordnung war, wusste ich, dass es nicht stimmte. Ihre Ausbrüche, schrägen Kommentare und spitzen Bemerkungen nahmen mit der Zeit zu. Nach meiner Trennung von Paula bat ich Klara, sich eine neue WG zu suchen. Obwohl sie immer wieder beteuert hatte, dass es ihr leidtäte und sie sich bessern würde, aber es wurde nicht besser. Nichts wurde besser.

Tatsächlich wurde ich von zwei Frauen fast gleichzeitig verlassen. Klara, Paula und ich gingen getrennte Wege. Ich war wieder single und hatte ein leeres Zimmer in der WG. Nein, das stimmte nicht so ganz, ich hatte zwei leere Zimmer. Annett wird auch zum Ende dieses Monats unserer WG den Rücken zukehren und letzten Endes bei ihrem Freund einziehen. Ich wusste, dass es irgendwann so kommen würde, was ich natürlich nachvollziehen konnte. Wenn man so lange zusammen war, dann entschied man sich doch meistens für ein Zusammenziehen und somit für ein bequemeres und günstigeres Leben.

Jedenfalls hatte Simone wieder eine Anzeige geschaltet, um zwei neue Mitbewohnerinnen zu finden. Schließlich musste die Miete bezahlt werden und zu zweit konnten wir es nicht auf Dauer stemmen. Simone war eine treue Seele und wohnte immer noch in der WG. Sie gehörte dazu, seitdem ich sie gegründet hatte, und das waren schon mittlerweile sieben Jahre.

Für diesen Samstag, also schon in zwei Tagen, hatten sich einige Interessentinnen angekündigt. Es sollte nach wie vor eine Frauen-WG bleiben. Simone und ich hielten uns den Tag frei, um gemeinsam die Entscheidung zu treffen, ob eine der Frauen für unsere Wohngemeinschaft infrage kam. Ich hoffte, dass wir bereits am ersten Besichtigungstag eine Wahl treffen konnten und die passenden Kandidatinnen dabei wären.

In diesem Moment schob Annett den nächsten Karton durch ihre Zimmertür in den Flur und fluchte. Es war sehr erstaunlich, wie viel Kram sie in dem kleinen Zimmer angehäuft hatte.

»Echt schade, dass du ausziehst«, sagte ich zu ihr.

»Ich weiß aber dieses Hin- und Herpendeln ist echt stressig auf Dauer.«

»Ich verstehe es ja. Du hast es eh länger mitgemacht, als ich gedacht hatte.«

»Fast drei Jahre schon. Es war wirklich eine schöne Zeit. Die WG werde ich bestimmt mega vermissen.«

»Brauchst du Hilfe?« Ich zeigte auf die Kartons im Flur.

»Nein. Janek müsste bald kommen. Er kann es ja dann zum Auto runtertragen.«

»Prima. Ich kann ihm trotzdem helfen. Sag einfach Bescheid.«

»Danke, Julia.«

Ein wenig Traurigkeit überkam mich plötzlich und ich verschwand in meinem Zimmer, um mich abzulenken. Ich setzte die Kopfhörer auf und lauschte der Musik, die ich mir vor ein paar Tagen am PC runtergeladen hatte.

Bei Klara hatte ich diese Melancholie so wie bei Annett nicht gespürt, als sie die WG vor zwei Wochen verlassen hatte. Es war eher eine Erleichterung. Die Anspannung, die sich durch sie in der letzten Zeit angestaut hatte, war nach ihrem Auszug abrupt weg.

Ich hoffte, dass die Frauen, die hier bald einziehen würden, nicht so kompliziert waren. Mit Simone hatte ich bereits ein paar Zeichen vereinbart, die wir einsetzen wollten, sobald wir die Interessentinnen da hatten. Am Kopf kratzen sollte bedeuten, dass die Frau infrage kam. Hingegen würde ein Reiben an der Nasenspitze nichts Gutes heißen. Wir waren beide schon sehr auf die Damen gespannt. Fest stand jedoch, dass wir beide gemeinsam entscheiden wollten.

Nachdem Janek die ganzen Kartons im Auto verstaut hatte, kamen wir zu dem unangenehmen Teil. Die Verabschiedung von Annett fühlte sich nicht schön an.

»Ich hoffe, du kommst uns trotzdem hin und wieder besuchen?«, sagte ich zu ihr.

»Selbstverständlich«, antwortete Annett.

»Das musst du versprechen«, sagte Simone.

»Versprochen.« Sie grinste uns an. »Ich vermisse euch jetzt schon.«

Schließlich fielen wir uns um den Hals und sie wischte sich direkt danach die Augen trocken. Simone und ich hatten auch gegen unsere Tränen gekämpft.

Ich wusste, dass ich Annett nie wiedersehen würde. So war es immer. Die Frauen, die irgendwann die WG verlassen hatten, hatten sich nie wieder gemeldet. Neues Leben, neuer Ort und die WG aus dem Sinn. So war das eben.

Nachdem die Tür ins Schloss fiel, standen Simone und ich im Flur und sahen uns etwas verloren an.

»Bier?«, fragte sie.

»Musst du nicht zu deiner Freundin?«

»Nein. Sie ist heute auf einem Seminar.«

»Okay. Bier passt.«

Wir verzogen uns in die Küche. Simone holte zwei Flaschen aus dem Kühlschrank und wir machten es uns für den Rest des Abends gemütlich. Es blieb natürlich nicht bei einer Flasche. Nach dem vierten Bier schoben wir uns eine Aufbackpizza in den Ofen und gingen danach schließlich jeweils auf unsere Zimmer. Irgendwie fühlte ich mich ziemlich erledigt. Nicht nur körperlich, sondern auch emotional. Lange hatte der Schlaf nicht auf sich warten lassen. Kaum lag mein Kopf auf dem Kissen, schon war ich eingeschlafen.

2

Am Samstag war es dann so weit. Wir konnten mit der Suche nach zwei neuen Mitbewohnerinnen beginnen. Natürlich stellte es sich nicht so einfach heraus, wie wir uns das vorgestellt hatten. Wir wollten schließlich keine Fehler begehen und uns einen Drachen ins Haus holen.

»Und schon aufgeregt?«, fragte ich meine Mitbewohnerin.

»Ein bisschen. Aber ich bin trotzdem sehr neugierig.«

Ich musste schmunzeln. Simone hatte so viel Parfüm aufgetragen, dass ich schon zwei Mal niesen musste. Als ich mir eben die Nase putzte, klingelte es an der Tür.

»Die erste Kandidatin. Mach auf«, sagte Simone und hüpfte vor lauter Aufregung in die Luft.

Ich drückte auf die weiße Taste neben der Tür, um den Gast ins Haus zu lassen. Nach wenigen Sekunden tauchte eine Blondine vor unserer Wohnungstür auf.

»Hallo«, empfing ich sie.

»Hallo, ich komme wegen dem freien Zimmer. Mein Name ist Steffi.«

»Komm rein. Ich bin Julia.« Ich trat zur Seite, um Steffi hineinzulassen.

»Und ich heiße Simone«, sagte meine Mitbewohnerin. Sie drängelte sich zwischen uns und streckte die Hand entgegen.

Als Steffi im Flur stand, machte ich die Tür zu und ging voraus. Die sehr schlanke, große Frau folgte mir und Simone bildete das Schlusslicht.

»Also, das hier ist das erste Zimmer. Wir haben ja zwei freie. Möchtest du lieber ein großes oder ein kleines?«

»Das hier ist schon recht klein. Eigentlich brauche ich viel Platz.«

»Ähm. Also das ist eigentlich schon das große Zimmer. Das andere ist etwas kleiner.«

»Ach, okay. Hmmm, ich weiß nicht, ob ich damit zurechtkomme. Wäre schon etwas eng«, sagte Steffi. An ihrem Gesichtsausdruck sah man, dass sie überlegte.

»Verstehe. Warum willst du in eine WG ziehen? Vielleicht wäre eine eigene Wohnung besser für dich?«

»Na ja, ich wollte nicht alleine wohnen. Ich hasse es, alleine zu sein. In einer WG wären wenigstens noch andere da mit denen man quatschen oder kochen könnte. Das Zimmer ist mir aber dann doch ein bisschen zu eng. Vielleicht kann ich ja beide nehmen?«

»Wie?«, fragte Simone. Sie fing sich an der Nasenspitze an zu kratzen. Ich war froh, dass sie meiner Meinung war.

»Eigentlich möchten wir zwei neue Bewohner-innen aufnehmen. Es würde bedeuten, dass du jemanden die Chance wegnimmst, wenn du beide Zimmer anmietest«, sagte ich schließlich. »Außerdem ist es zu viert schöner.«

»Schade.« Steffi zuckte die Schultern nach oben. »Ich denke, dann wäre es besser, wenn ich weitersuche.«

»Ja, wahrscheinlich die bessere Lösung. Viel-leicht findest du ja noch eine passende WG mit einem großen Zimmer.« Ich ging wieder voraus in den Flur und hoffte, dass sie mir folgen wür-de.

»Dann danke schon mal, dass ich es mir anse-hen durfte.« Steffi steuerte die Wohnungstür an.

»Nichts zu danken und viel Glück«, sagte ich, bevor ich die Tür hinter ihr schloss.

»War wohl nichts«, sagte ich zu Simone, die im Korridor stand und etwas betrübt guckte.

»Was für eine Tussi!«, antwortete sie.

»Ich bin gespannt, was heute sonst noch so kommt«, sagte ich.

»Na, schlimmer kann es kaum werden.«

Ich war mir da ehrlich gesagt nicht so sicher. Natürlich hoffte ich, dass heute die passenden Kandidatinnen erscheinen würden, aber es gab wirklich sehr viele seltsame Menschen auf die-ser Welt.

Nur zwanzig Minuten später klingelte es erneut an unserer Tür. Wir seufzten gleichzeitig auf und mussten darüber lachen. Während unser nächster Gast die Treppen hinaufging, positionierten wir uns an der Tür. Wir waren beide so gespannt, was für ein Mensch vor uns erscheinen würde.

Eine Brünette mit Pagenschnitt stand nun vor unserer Wohnung und lächelte uns an. Ihre Gesichtszüge waren sehr markant und die Wimpern aufgeklebt. Die Lippen waren in einem knallroten Farbton und während ich sie ansah, blieb mein Blick bei ihren großen Händen hängen. Weder ich noch Simone konnten einen Ton herausbringen. Während wir sie immer noch anstarrten, bekam ich Simones Ellenbogen in die Seite gedrückt. Das weckte mich aus dem hypnotischen Zustand auf.

»Hallo«, sagte ich schließlich.

»Hallo«, antwortete die Frau. Ihre tiefe Stimme machte uns endgültig wach. Ich fühlte, wie mich Simone von der Seite anguckte.

»Monique«, stellte sie sich vor. »Ich hatte wegen dem freien Zimmer einen Termin vereinbart.«

»Julia«, sagte ich und gab ihr die Hand. Eine kräftige Pranke umschloss meine Hand und hinterließ einen Abdruck am Mittelfinger, der sich durch meinen Ring hineingedrückt hatte. Es tat höllisch weh.

Als Simone meinen gequälten Gesichtsausdruck sah, verzichtete sie auf Händeschütteln. Sie wich zur Seite und ließ Monique herein.

»Ich bin Simone. Komm erst mal herein«, sagte sie leise.

»Danke«, antwortete Monique mit einer krächzenden Stimme.

Ich schloss die Wohnungstür und musterte die Frau, die im Flur stand, von hinten. Erst jetzt sah ich, wie groß sie tatsächlich war. Ihre männlichen Gesichtszüge, diese Stimme und die großen Hände untermauerten meinen Verdacht.

»Also, ich möchte nicht unverschämt sein«, begann ich. »Wir suchen eigentlich eine Frau für das Zimmer.«

»Ich bin eine Frau«, sagte Monique.

»Ich meinte biologische Frau. Also mit allem Drum und Dran.« Ich hielt meine Brüste mit den Händen umschlossen, zur Demonstration. »Kannst du mir folgen?«

»Klar. Ich bin trotzdem eine Frau. Das Drum und Dran ist vielleicht anders, aber innerlich bin ich eine Frau.«

»Das mag sein, dass du dich so fühlst, und ich will dich nicht beleidigen oder so. Du bist bestimmt ein toller Mensch und hast das Herz am rechten Fleck, aber das passt einfach nicht zu unserer WG.«

»Warum nicht?«

»Na ja, wir sind eine reine Frauen-WG und du hast keine Brüste, aber dafür einen Penis«, sagte ich. Mir war klar, dass es beleidigend ausgelegt werden konnte, trotzdem wollte ich dabei bleiben, auch wenn Monique sehr sympathisch wirkte. Nicht nur die Tatsache, dass sie körperlich ein Mann war, sondern auch das Auftreten passte leider keinesfalls zu uns.

»Das verstehe ich jetzt aber nicht. Warum können wir es nicht trotzdem versuchen?«

»Weil du keine Muschi hast. Darum«, sagte Simone. Manchmal konnte sie echt ein Arschloch sein.

»Simone!«, sagte ich entsetzt.

»Was? Deine Erklärung war nicht wirklich besser.«

»Das muss jetzt nicht sein.«

»Ich bin nun mal ehrlich. Ich möchte hier keine Männer in der WG. Das kommt einfach nicht infrage. Auch wenn du dich als Frau fühlst, du hast trotzdem männliche Genitalien.«

»Ihr seid ganz schön crazy, Mädels. Ich habe es ja kapiert«, sagte Monique resigniert. Sie schob ihre Perücke zurecht, die ein wenig verrutscht war.

»Tut mir leid«, antwortete ich und zog meine Schultern nach oben.

»Dann wünsche ich euch noch was, ihr zwei Verrückten. Tschau.« Monique drehte sich demonstrativ um und verließ unsere Wohnung.

Ich sah Simone mit hochgezogenen Augenbrauen an.

»Was?«, fragte sie.

»Könntest du vielleicht ein bisschen freundlicher sein?«

»Ich war freundlich.«

»Das nennst du freundlich?«

»Ja, freundlich und direkt. Anders hätte sie das nicht verstanden. Vielleicht ist es dir entgangen, aber sie bezeichnete uns als verrückt.«

Ich ließ meine Mitbewohnerin im Flur stehen und ging in die Küche, um mir einen Kaffee zu machen. Irgendwie hatte ich jetzt schon keine Lust mehr, mir weitere Interessentinnen anzusehen. Simone kam nur nach wenigen Sekunden ebenfalls in die Küche und machte einen resignierten Gesichtsausdruck.

»Wie viele kommen denn heute noch?«, fragte sie.

»Zwei oder drei.«

»Weißt du es nicht genau?«

»Die eine wusste noch nicht, ob sie es heute schafft.«

»Na klasse.« Simone verdrehte die Augen.

»Auch einen Kaffee?«, fragte ich sie, als ich mir eine Tasse vollgoss.

»Ja. Vielleicht hilft es mir, bei der nächsten Kandidatin nicht einzuschlafen.«

Ich musste schmunzeln. Simone konnte bei ihren Übertreibungen so lustig sein. Ich machte eine zweite Tasse voll und stellte sie vor ihr ab.

»Danke.« Sie ließ ihre Schultern hängen.

Wir schlurften unseren Kaffee gedankenverloren und warteten. Ich betete insgeheim, dass die nächste Frau, die sich die Zimmer ansah, sich als die perfekte Mitbewohnerin herausstellen würde. In dem Moment, als wir unseren Kaffee ausgetrunken hatten, hörten wir die Türklingel.

»Auf geht´s«, sagte ich und stemmte mich in die Höhe.

»Gott, steh mir bei«, murmelte Simone. Sie folgte mir in den Flur.

Nervös warteten wir erneut in der offenen Tür. Ich hatte Hoffnung, dass jetzt eine normale, unkomplizierte Frau erscheinen würde.

»Hallo, ich bin Veronika. Ich komme wegen dem WG-Zimmer.« Das gutaussehende, weibliche Wesen setzte ein strahlendes Lächeln auf.

»Ich bin Julia und das ist Simone«, übernahm ich das Reden, nachdem ich merkte, dass meine Mitbewohnerin nicht vor hatte, etwas zu sagen. »Komm doch herein.«

»Danke«, sagte sie und betrat unsere Diele. Veronika hatte einen sehr angenehmen Duft aufgetragen. Ihr Kleidungsstil ähnelte dem meinen. Jeans und ein Sweatshirt mochte ich auch sehr gerne.

»Brauchst du ein großes oder ein kleines Zimmer? Ach, weißt du was? Wir zeigen dir beide, dann kannst du es dir überlegen.«

»Das klingt gut.«

Veronika folgte uns in den ersten freien Raum. Als sie an mir vorbei lief, schnupperte ich erneut an dem dezenten Duft.

»Das ist das kleine Zimmer. Kostet nur zweihundert Euro im Monat.«

»Sehr schnuckelig«, sagte Veronika. Sie ging über die Schwelle und hatte mit fünf Schritten die Zimmermitte erreicht. Nach fünf weiteren stand sie vor dem Fenster und sah nach draußen. »Nicht zur Hauptstraße. Das ist gut.«

»Da haben wir echt Glück. Alle Zimmer gehen zum Innenhof raus. Den Straßenverkehr hört man kaum, wenn das Fenster offen ist.«

»Toll.« Wieder dieses unglaubliche Strahlen, als sie lächelte.

»Komm, ich zeige dir noch das andere.«

»Wow!« Veronika betrat sofort den Raum und eilte zu dem Erker. »Das ist ja schön.«

»Das Zimmer kostet dreihundert. Es ist deutlich größer.«

»Ein wirklich sehr schönes Zimmer. Dreihundert wären auch kein Problem.«

»Ich zeige dir noch das Bad«, schlug ich vor. Veronika ging alleine rein und wir warteten in der Diele, sonst wäre es zu eng geworden.

»Na schön.« Ich sah Simone an, die immer noch nichts gesagt hatte. »Was meinst du?«, fragte ich sie schließlich.

»Ich möchte noch etwas wissen. Was arbeitest du?«, fragte Simone.

»Ich bin Rechtsanwaltsgehilfin. In Festanstellung.«

»Okay. Also wegen mir würde es passen«, sagte Simone.

»Gut, wenn du das Zimmer haben möchtest, dann haben wir nichts dagegen«, sagte ich nun zu Veronika.

»Ja, sehr gerne. Würde das Größere nehmen. Ich habe mich sofort in dieses Zimmer verliebt.«

»Super!« Ich freute mich so sehr, dass ich aus Versehen ein bisschen zu laut wurde. »Sorry. Wann willst du einziehen?«

»Ich könnte schon in zwei Wochen.«

»So schnell? Bist du aus der jetzigen Wohnung rausgeflogen?« Ich lachte über meinen eigenen Scherz.

»Nein, Trennung. Da möchte ich so schnell

wie möglich den Tapetenwechsel.«

»Verstehe.« Ich begutachtete sie von der Seite und empfand eine gewisse Sympathie. »Wenn du möchtest, dann können wir direkt den Vertrag machen. Kaution beträgt zwei Monatsmieten. Das hatte ich vorhin vergessen zu erwähnen.«

»Kein Problem. Ich bekomme ja noch meine Kaution von der anderen Wohnung ausbezahlt. Dann lasst uns den Vertrag direkt unterzeichnen. Ich bin mir sicher, dass ich dieses Zimmer haben möchte.«

»Wir haben die Unterlagen schon in der Küche bereitgelegt. Komm mit«, sagte Simone.

Wir begaben uns zu dritt in unsere Wohnküche und nahmen an dem großen Esstisch Platz.

»Wow, die Küche ist ja auch toll. Auf jeden Fall sehr geräumig.«

Ich grinste sie an. Meine Freude über ihre Begeisterung war nicht zu übersehen. Als ich merkte, dass meine Gesichtszüge etwas dümmlich wirken mussten, versuchte ich wieder normal zu gucken.

»Okay, dann schreibe am besten hier deine Daten rein und lese alles durch. Auf der letzten Seite kannst du dann unterschreiben, wenn es so weit passt. Es ist eigentlich ein üblicher Mietvertrag ohne irgendwelche außergewöhnliche Klausel oder so.«

Veronika nahm das Formular zur Hand und begann, sorgfältig alles zu lesen, nachdem sie ihren Namen, Geburtstag und jetzigen Wohnort eingetragen hatte. Ich und Simone saßen still da und starrten unsere neue Mitbewohnerin an. Sie hatte große, braune Augen und schöne Lippen. Die Gesichtszüge waren sehr feminin und die Haut sehr rein.

»Treppenputzen und Schneeräumen muss man hier nicht selbst erledigen, oder?«, fragte Veronika plötzlich und sah uns an. Wir konnten nicht so schnell wegsehen und wurden synchron tomatenrot im Gesicht.

»Nein, das ist bei den Nebenkosten schon dabei. Wird alles gemacht«, antwortete ich stotternd.

»Genau«, bestätigte Simone.

Ich war erleichtert, als ich spürte, wie die Hitze aus meinem Gesicht verschwand.

»Das ist gut«, antwortete Veronika. Sie sah erneut auf die Unterlagen und studierte die letzte Passage. Schließlich unterschrieb sie das Schriftstück und schob es uns mit einem Grinsen und leuchtenden Augen entgegen.

»Ich bin so froh, dass es so schnell geklappt hat. Danke. Ihr wisst gar nicht, was mir für ein Stein vom Herzen fällt. Endlich kann ich meinem alten Leben den Rücken zukehren und ein neues beginnen.«

»Wir freuen uns auch«, sagte Simone. Sie war noch nie jemand, der große Ansprachen hielt.

»Hier sind die Schlüssel. Du kannst also direkt einziehen«, sagte ich, nachdem ich ihr einen Schlüsselbund hinschob, an dem zwei große und zwei kleine Schlüssel hingen. »Die kleinen sind für den Briefkasten und Kellerraum.«

»Danke.« Sie nahm die Schlüssel an sich und stand auf. »Dann werde ich mal packen gehen«, sagte sie mit leuchtenden Augen.

Wir verabschiedeten uns von Veronika und waren überglücklich, dass wir die erste Kandidatin für unsere WG gefunden hatten.

»Die ist ja mega!«, sagte Simone.

»Und du hast schon eine Freundin«, antwortete ich mit einem erhobenen Finger.

»Na, gucken darf ich.«

»Ja, gucken schon, aber nicht anfassen.« Ich musste schmunzeln. Es war so typisch Simone. »Wie spät haben wir eigentlich?«

Simone sah auf ihre Armbanduhr. »Schon kurz nach vier.«

»Um vier wollte eventuell noch jemand vorbeikommen.«

In diesem Moment läutete es erneut an der Tür. Da wir immer noch in der Diele standen, konnte ich direkt die Tür aufmachen, ohne wieder loshechten zu müssen. Wie schon bei den anderen Interessentinnen waren wir unglaublich gespannt, was für eine Frau gleich vor der Tür erscheinen würde.

Es dauerte nicht lange, bis eine rothaarige Schönheit in unserer Etage auftauchte. Sie hatte eine sportliche Figur und zeigte in etwa meine Körpergröße. Wirklich eine attraktive Frau. Einige Sommersprossen zierten ihre Stupsnase.

»Hallo. Ich möchte mir das Zimmer anschauen. Ich heiße Eva.«

»Hallo. Schön, dass du es doch geschafft hast. Ich bin Julia und das ist Simone.«

»Tut mir leid für die Verspätung. Ich musste länger arbeiten.«

»Kein Problem. Komm doch rein.«

Nachdem ich die Wohnungstür wieder geschlossen hatte, führten wir Eva in das kleine, leere Zimmer. Die Sohlen ihrer Turnschuhe quietschten bei jedem Schritt auf dem Laminatboden.

»Das wäre es. Ich weiß, ein wenig klein, aber vielleicht brauchst du ja nicht so viel Platz? Die Miete beträgt zweihundert Euro warm«, sagte ich ihr.

»Waren es nicht zwei Zimmer, die ihr vermieten wolltet?«, fragte sie.

»Ja, das stimmt, für das größere haben wir aber schon jemanden. Nur noch das kleine ist jetzt frei«, antwortete ich.

Sie ging zwei Schritte nach vorne und ließ das Zimmer auf sich wirken.

»Okay. Mit ein bisschen Fantasie lässt sich was draus machen. Ich habe schon eine Idee, wie ich mir viel Platz hier schaffen könnte.« Sie drehte sich zu uns um und lächelte. »Also mir gefällt es.«

»Tatsächlich?«, fragte Simone.

»Ja. Warum nicht?«

»Verrätst du uns noch, ob du berufstätig bist?«, wollte ich wissen.

Sicher ist sicher. Wir wollten jemanden haben, der auch die Miete pünktlich zahlte.

»Ich bin bei einer Versicherung. Vierzigstunden Job und meistens noch länger.« Sie verdrehte die Augen nach oben.

»Okay.« Ich sah Simone an und sie nickte. »Wenn du das Zimmer willst, dann kannst du es haben.«

»Oh, mega. Total gerne.«

»Wir können auch direkt den Mietvertrag unterzeichnen.«

»Klar.«

»Ab wann willst du einziehen?«, fragte ich.

»Ich muss schauen, ob ich früher einen Nachmieter finde. Wenn das klappt, dann ab nächsten Monat.«

»Das wäre gut, sonst müssen wir den Ausfall

zahlen und das ist dann schon belastend.«

»Ich versuche es auf jeden Fall, dass es so schnell klappt.«

»Prima. Lass uns in die Küche gehen, dann machen wir den Vertrag fertig.«

Nachdem sie bei einer Tasse Kaffee den Mietvertrag durchgelesen hatte, unterzeichnete sie ihn direkt und ich übergab ihr die Schlüssel.

»Dann bis bald. Wenn du Hilfe beim Einzug brauchst, sag bitte Bescheid.«

»Danke. Mache ich. Ich freue mich schon.«

»Wir auch«, sagte Simone, bevor die Tür ins Schloss fiel. Es war kurz und schmerzlos und wir hatten wieder alle Zimmer vermietet.

Ich fühlte mich irgendwie erledigt nach dem anstrengenden Tag. Simone schien es genauso zu gehen. Ihre Augen sahen recht müde aus.

»Ich glaube, ich lege mich ein wenig hin«, sagte sie.

»Gott sei Dank haben wir schon heute zwei neue Mieterinnen gefunden und müssen keine weiteren Besichtigungen in Kauf nehmen«, sagte ich erleichtert.

»Ja, Gott sei Dank.«

»Auf jeden Fall zwei ganz tolle Frauen. Ich bin schon gespannt, wie die so sind.«

»Ich auch. Könnte beinahe neidisch auf dein Singledasein werden.« Simone schmunzelte und verschwand schließlich in ihrem Zimmer.

Ich zog mir schnell meine Schuhe und eine Jacke über und ging ein wenig in den Park, um etwas frische Luft zu tanken. Nach diesem langen Tag in der Wohnung tat das tatsächlich unglaublich gut.

3

An dem Tag, als Veronika bei uns einzog, waren Simone und ich unglaublich nervös. Endlich war es an der Zeit, dass neues Leben in die Bude reinkam. Meine Mitbewohnerin hatte mal wieder deutlich mehr Parfüm aufgetragen als üblich und schwirrte die ganze Zeit in Veronikas Nähe umher. Ich wollte ebenfalls höflich sein und fragte sie, ob sie Hilfe beim Einzug benötigte.

»Nein, das geht schon. Eigentlich habe ich nicht so viele Sachen. Nur ein paar Kartons und Pflanzen.«

»Und die Möbel?«, wollte ich wissen.

»Meine alte Einrichtung wird entsorgt. Ich glaube, den nächsten Umzug hätten sie sowieso nicht überlebt. Ich habe mir ein neues Bett und einen neuen Schrank bestellt. Das müsste morgen kommen. Der Rest wird sich finden«, sagte sie.

»Okay. Irgendwie praktisch, wenn man nicht so viel schleppen muss.« Ich stand immer noch in der Diele und sah ihr zu, wie sie den Karton durch ihre Zimmertür hineinschob. Simone lehnte in der Küchentür und beäugte auch alles ganz genau. Es wirkte sicherlich etwas seltsam, so wie wir dastanden und Veronika beim Einzug beobachteten.

»Musst du nicht los?«, fragte ich sie.

»Wer? Ich?«, antwortete Simone.

»Na, wer denn sonst? Ich dachte, du bist mit deiner Freundin verabredet.«

»Ja, stimmt, aber erst in einer Stunde.«

»Ach.« Ich musste schmunzeln. Simone wollte wohl nichts verpassen. Es war untypisch, dass sie sich so spät auf den Weg zu ihrer Partnerin machte. In der Regel fuhr sie schon nach dem Frühstück los.

»Das ist jetzt der Letzte«, sagte Veronika, die eben den nächsten Karton in die Wohnung hineintrug.

»Und wo schläfst du heute, wenn dein Bett erst morgen kommt?«, wollte ich wissen.

»Ich habe mir eine aufblasbare Matratze von einer Freundin ausgeliehen. Also kein Problem. Die eine Nacht stehe ich auch so durch.«

»Super.«

»So, geschafft.« Veronika klatschte einmal in ihre Hände und lächelte uns an. Simone grinste zurück und ich war viel zu nervös, daher sah ich kurz an die Decke. Warum auch immer? Eigentlich bekloppt, kam es mir im nächsten Moment in den Sinn, aber da war es schon zu spät.

»Kaffee?«, fragte ich sogleich in die Runde, um von meinem komischen Benehmen abzulenken.

»Kaffee wäre super«, sagte unsere neue Mitbewohnerin.

»Ich nicht. Muss gleich los«, erwiderte Simone. Sie verschwand hastig in ihrem Zimmer, um ihre paar Sachen für das Wochenende zu packen.

Ich setzte den Kaffee auf und hörte, wie Veronika den Stuhl wegschob, um sich hinzusetzen.

»Jetzt kann mein neues Leben beginnen«, sagte sie.

»Hatte wohl gar nicht mehr funktioniert?«

»Nein. Die letzten Tage war es grauenvoll. Wir sind uns nur noch aus dem Weg gegangen.«

»Verstehe. Es ist schade, wenn noch nicht einmal ein normaler Umgang mehr funktioniert.«

»Das stimmt. Nach sechs Jahren wirklich traurig.« Sie sah etwas nachdenklich aus.

»Das ist eine lange Zeit.«

Ich stellte die beiden Kaffeetassen auf den Tisch ab und setzte mich ihr gegenüber. Eigentlich wollte ich noch mehr wissen.

»Und du? Single?«, fragte sie.

»Ja, das hatte auch nicht mehr funktioniert. Sie war sehr eifersüchtig. Auf alles und jeden.«

»Sie?«

»Ja. Ich bin lesbisch. Ich dachte, das weißt du?«

»Woher denn?«

»Ich bin schon sehr burschikos.«

»Nicht jede Frau, die burschikos ist, ist gleich lesbisch.«

»Da gebe ich dir recht. Jedenfalls bin ich auch seit ein paar Wochen wieder single. Na ja. Und du? Auf was stehst du so?«

»Also, ich bin absolut hetero.«

»Okay. Schade für die Frauenwelt.« Ich zwinkerte ihr zu. Tatsächlich war ich jetzt ein wenig enttäuscht.

»Aber ich habe absolut kein Problem damit. Meine beste Freundin ist auch lesbisch.«

Ich nippte an meinem Kaffee und bedauerte immer noch, dass Veronika nicht auf Frauen stand. Gewissermaßen hatte ich mir schon Chancen ausgerechnet. Das war wohl nichts.

»Schön zu hören, sonst hätten wir ein Problem. Simone ist im Übrigen auch lesbisch. Hat aber eine Freundin.«

»Dann bin ich ja gespannt, ob ich als die Einzige in der WG hetero bin. Wann zieht die ... Ähm. Wie heißt die zweite Neue?«

»Eva.«

»Ach ja.«

»Ich glaube nächste Woche. Aber ich habe auch noch keine Ahnung, ob sie hetero, bi, lesbisch oder sonst etwas anderes ist. Das werden wir schon merken oder vielleicht auch nicht.«

»Sicher. Eigentlich ist es ja egal. Hauptsache

das Herz am rechten Fleck, oder?«

»Natürlich«, stimmte ich ihr zu.

»Puh, also ich fühle mich ziemlich erledigt. Werde mich ein bisschen ausruhen und dann schon mal ein paar Sachen auspacken.«

»Alles klar. Verständlich. Bis später dann«, sagte ich.

Nachdem Veronika auf ihr Zimmer gegangen war, spülte ich die beiden Tassen ab und ging ebenfalls in meinen Raum. Seitdem Klara ausgezogen war, konnte ich das dreckige Geschirr nicht mehr einfach stehen lassen. Es gab keine Klara mehr, die in der Küche immer für Ordnung gesorgt hatte.

Kurz entschlossen wähle ich Bastians Nummer. Schließlich war Samstag und ich hatte keine Lust, das ganze Wochenende zu Hause zu verbringen.

»Hey, Schätzchen. Schön, dass du dich meldest. Wie geht es dir?«

»Ganz okay. Mir ist nur ein bisschen langweilig und da habe ich mich gefragt ...«

»Ja, wir gehen heute feiern!«, unterbrach er mich.

»Du hast mein Wochenende gerettet. Wann?«

»Um halb zehn vor dem Eingang?«

»Prima. Dann bis später.« Ich legte auf.

Ich freute mich schon darauf, mal wieder ein

bisschen tanzen zu gehen. Es war eine Ewigkeit her, seitdem ich ausgegangen war. Nach der Trennung von Paula hatte ich mich in mein Schneckenhaus zurückgezogen und hatte auf nichts mehr Lust. Für mich gab es nur noch Arbeit und Zuhause, sonst nichts. Ich fand aber, dass es nun an der Zeit wurde, es wieder zu ändern. Genug getrauert.

Die Uhr zeigte mir, dass es erst kurz nach fünf war. Ich beschloss, mich für zwei Stunden hinzulegen. Danach wollte ich mich frisch machen, schick anziehen und irgendwo etwas essen gehen, bevor ich zu der Diskothek fuhr.

Bis ich bereit in der Diele stand, war es halb acht. Es war mal wieder ein perfektes Timing.

»Wo geht es denn hin?«, fragte mich Veronika, die soeben aus ihrem Zimmer kam.

»Tanzen. Ich muss hier mal wieder raus.«

»Darf ich mit?«

»Ist aber für Schwule und Lesben. Wenn es dich nicht stört, dann klar.«

»Kein bisschen. Hauptsache ich kann ein wenig abtanzen. Wäre super, was anderes als die Umzugskisten zu sehen.«

»Ich gehe aber noch vorher was essen.«

»Ich habe einen Bärenhunger«, antwortete Veronika. »Warte kurz. Ich ziehe mir nur ein anderes Oberteil an.«

Schon verschwand sie wieder im Zimmer und tauchte nach zwei Minuten mit einem neuen Outfit auf, bevor sie erneut im Bad abtauchte. Ich hörte das leise Sprühen eines Parfüms und danach eines Haarsprays.

»So, fertig«, sagte sie. Veronika sah zum Anbeißen aus.

Während wir beim Italiener saßen, musste ich feststellen, dass ich mit Veronika auf einer Wellenlänge lag. Wir konnten uns über Gott und die Welt stundenlang unterhalten. Selbst was den Geschmack über Essen und Trinken anbelangte, waren wir uns ebenfalls einig.

»Und du hattest wirklich noch nie was mit einer Frau?«, wollte ich von ihr wissen. Nach dem zweiten Bier dachte ich mir, dass sie es mir nicht krummnimmt, wenn ich mit diesem Thema erneut anfange.

»Nein, wirklich nicht.«

»Und auch nie neugierig gewesen, wie es ist?«

»Nein. Ehrlich gesagt kein bisschen.«

»Echt nicht?«

»Na schön.« Veronika lachte jetzt laut. Ich wusste nicht, ob es wegen der Situation war oder sich das Bier bemerkbar machte. »Ich hatte tatsächlich einmal das Verlangen, meine damalige beste Freundin zu küssen. Nur, um zu wissen, wie es sich anfühlt.«

»Und?«

»Ich habe es nicht getan.«

»Hmm. Schade.«

»Ich war vierzehn. Ist schon sehr lange her.«

»Und wie alt bist du jetzt? Ich weiß, so was fragt man nicht, aber wir wohnen zusammen. Ich finde, dann sollte man solche Details schon wissen.« Ich schmunzelte.

»Mit meinem Alter habe ich keine Probleme. Ich bin fünfundzwanzig. Und du?«

»Bald vierundzwanzig.«

»Bald? Wann ist dein Geburtstag?«

»In zwei Wochen.« Ich grinste.

Ich sah auf meine Uhr und erschrak. »Oh Mist. Zwanzig nach. Um halb habe ich mich mit einem Freund vor der Disco verabredet. Lass uns gehen.«

Wegen der knappen Zeit gingen wir an die Theke, um unsere Rechnung zu begleichen, und eilten aus dem Restaurant hinaus. Zügig überquerten wir die Straße und gingen bis zu der Diskothek im schnellen Schritt. Um neun Uhr siebenunddreißig erreichten wir schließlich das Ziel. Bastian winkte uns schon aus der Ferne zu.

»Na, endlich. Ich dachte schon, du kommst nicht mehr.«

»Wir haben uns nur verquatscht«, antwortete ich außer Puste.

»Und wer ist deine Begleitung? Eine neue Herzensdame?«

»Nein, nein. Das ist Veronika. Sie ist in der WG neu eingezogen.«

»Hallo, Schätzchen.« Bastian reichte ihr die Hand, so wie er es immer machte, mit einer etwas übertriebenen Haltung. »Peter ist schon reingegangen«, sagte er schließlich zu mir.

»Gut, dann lass uns auch reingehen«, sagte ich. Veronika nickte zustimmend.

Wie immer war die Bude rappelvoll. Wir quetschten uns durch die Menge durch, um an die Theke zu gelangen.

»Hallo, Peter«, sagte ich, nachdem ich Bastians Freund erblickt hatte.

»Hallo. Schon lange nicht mehr gesehen«, antwortete er.

»Ja, das stimmt.«

Bastian drückte seinem Freund einen Kuss auf die Lippen, bevor er ihm Veronika vorstellte.

»Freut mich«, sagte Peter. »Seid ihr ...«

»Nein, Schatzi. Die sind nicht zusammen. Eine neue Mitbewohnerin. Aber was nicht ist, kann ja noch werden«, antwortete Bastian und grinste mich an.

»Das wird wohl nichts. Veronika ist hetero«, antwortete ich sogleich.

»Ihr wärt aber ein hübsches Paar«, antwortete

Bastian.

»So, Schluss jetzt damit. Ich habe Durst. Wie sieht es mit euch aus?«

»Ich habe auch Durst. Wodka-Red-Bull für mich. Wie immer«, sagte Bastian.

»Ich nehme ein Bier«, erwiderte Peter.

»Ich auch«, sagte Veronika.

Ich stellte mich an die Theke und als ich endlich dran war, bestellte ich unsere Getränke. Nach nur wenigen Minuten hielten alle ein Glas beziehungsweise eine Flasche in der Hand.

»Zum Wohl«, stimmten alle zusammen. Die Gläser klirrten.

Ich nahm ein paar kräftige Schlücke aus meiner Bierflasche. Das tat richtig gut. Veronika stand neben mir und sah sich zum ersten Mal ausgiebig um. Sie beobachtete die Menschen, die in der Mitte des Raumes tanzten, während sie immer wieder einen kleinen Schluck Bier aus ihrer Flasche nahm.

»Und gefällt es dir?«, fragte ich.

»Ja. Es ist super hier. Die Musik gefällt mir sehr gut.«

»Hey, Mädels. Wir gehen tanzen. Wie sieht es mit euch aus?«, fragte Bastian.

»Ich trinke erst mal aus«, antwortete ich.

»Ich auch«, sagte Veronika.

Bastian und Peter ließen uns zurück und verschwanden in der Menschenmenge. Hin und wieder konnte ich meinen Kumpel aus der Ferne sehen, wie er sich auf der Tanzfläche Platz verschaffte, indem er sich wie ein Kegel um die Achse drehte. Es brachte mich zum Schmunzeln.

»Sollen wir auch?«, fragte Veronika. Sie hatte mich aus meinen Gedanken herausgerissen.

Ich trank den letzten Schluck aus meiner Flasche, bevor ich nickte.

Veronika konnte gut tanzen. Sie bewegte sich sehr rhythmisch, während sie die meiste Zeit ihre Augen geschlossen hielt und sich von der Musik leiten ließ. Ich hingegen war plump wie immer. In dieser Hinsicht hatte ich nichts dazu gelernt.

Ich konnte nicht anders, als ihr beim Tanzen zuzusehen. Ihre Bewegungen hatten beinahe etwas Erotisches an sich. Ich merkte, wie sich meine Brustwarzen aufgerichtet hatten und ich direkt feucht wurde. Augenblicklich drehte ich mich von ihr weg und schaute nun einem übergewichtigen, haarigen Mann beim Tanzen zu, um meine Gedanken woanders hinzulenken. Das half.

»Alles okay bei dir?« Veronika tippte mir auf die Schulter.

»Ja, klar«, antwortete ich, nachdem ich mich wieder zu ihr umgedreht hatte. »Alles bestens.«

»Okay. Ich dachte schon, dir geht es nicht gut.«

Sie tanzte weiter und als sie ihre Augen wieder zugemacht hatte, drehte ich mich erneut ein wenig von ihr weg. Ihre Tanzerei machte mich furchtbar an. Schließlich hielt ich es kaum noch aus und sagte zu ihr, dass ich nicht mehr tanzen mochte, und drüben, an der Säule, warten würde. Sie nickte und schloss wieder ihre Augen.

Ich war erleichtert, als ich endlich aus ihrer Nähe verschwand. Es war nicht auszuhalten. Es war ja nicht so, dass ich mich nicht unter Kontrolle halten konnte, doch ich hatte schon einige Wochen keinen Sex. Diese Durststrecke machte mich eben sehr empfänglich für die weiblichen Reize.

Ich sah mich ein wenig um. Ehrlich gesagt hatte ich ein bisschen Angst, dass ich Paula treffen würde. Immerhin verkehrte sie regelmäßig hier. Zum Glück konnte ich sie bisher noch nicht entdecken.

Nach einer Weile beschloss ich, mir ein weiteres Bier zu holen. Der Kampf durch die Menschenmenge brachte mir viele Schweißperlen auf der Stirn ein, aber schließlich stand ich endlich an der Theke.

»Ein Bier, bitte«, bestellte ich direkt bei der Barfrau. Sofort erhielt ich das kalte Getränk, an das ich mich gierig hermachte.

»Ich nehme auch ein Bier«, hörte ich neben mir. Veronika grinste mich an. Sie sah sehr verschwitzt und trotzdem immer noch sexy aus. »Das macht so richtig viel Spaß. Ich war schon lange nicht mehr tanzen«, sagte sie zu mir.

»Du kannst auch wirklich gut tanzen. Im Gegensatz zu mir.«

»Ach, Quatsch. Du tanzt doch auch gut. Auf deine Art eben.«

Ich wusste genau, was das bedeutete.

Bastian und Peter sah ich von Weitem, wie sie sich einen Weg durch die Menschenmenge bahnten, um zu uns zu gelangen. Schließlich hatten sie es geschafft. Beide wirkten ziemlich außer Atem.

»Puh, Mädels, das macht wirklich viel Laune.« Bastian wischte sich über die Stirn. Er stellte sich zu uns an die Theke und bestellte zwei Getränke, als die Barfrau das Bier vor Veronika abstellte. »So voll war es schon lange nicht mehr hier«, sagte er.

»Prost«, sagte meine neue Mitbewohnerin und hielt mir ihre Flasche entgegen. Ich ließ das Glas an Glas klirren und nahm einen kräftigen Schluck.

»Sollen wir vielleicht mal gucken, ob wir einen Sitzplatz ergattern können?«, fragte ich.

»Ja, das ist eine gute Idee«, sagte sie.

Wir machten uns auf den Weg. In den Ecken und Nischen der großen Räume gab es mehrere Sitzmöglichkeiten. Tische und Stühle sowie auch Kuschelecken aus Sofas und Sesseln. Wir gingen durch die Räumlichkeiten und sahen in jeder Ecke nach. Erst eine viertel Stunde später wurden wir fündig. Ein Sessel wurde soeben frei. Wir quetschten uns zu zweit, eng aneinander, hinein. Es war besser als nichts. Während ich Veronikas Bein an meinem spürte, wurde es mir noch wärmer als zuvor.

»Ist dein Bier auch leer?«, fragte sie nach einer kurzen Schweigeminute.

»Ja.«

»Ich hole die nächste Runde und du bleibst hier und reservierst den Platz«, sagte sie.

»Okay. Die nächste Runde geht dann aber auf mich.«

»Alles klar.«

Schon stand sie auf und verschwand mit unseren leeren Flaschen in der Menschenmenge. Bis sie wieder kam, hatte es eine Weile gedauert. Bei diesem Andrang kein Wunder.

»Hier«, sagte Veronika. Sie hielt mir eine Flasche entgegen. Als ich sie an mich nahm, setzte sie sich wieder neben mich hin. Ich spürte erneut das Kribbeln an meinem Bein.

»Danke.«

Wir stießen erneut an und nahmen einen kräftigen Schluck. Das Bier schmeckte heute besonders gut.

»Und erzähl mal. Wie ist es für dich auf so einer Party zu sein?«, fragte ich.

»Wie meinst du das?«

»Na ja, so gut wie keine Heteros. Du wirst von den Männern nicht begafft, aber von ganz vielen Frauen.«

»Ich finde nicht, dass jemand gafft.«

»Doch, doch. Ich sehe das schon, wie dich die Frauen beäugen. Wärst du ohne mich unterwegs, hättest du sicherlich einige Anfragen.«

»Meinst du?«

»Ja, meine ich. Die denken wohl, wir sind zusammen, und deshalb traut sich keine.«

»Ich glaube, du fantasierst.«

»Keineswegs.«

Veronika lachte laut auf. Im nächsten Moment drückte sie mir einen Kuss auf die Wange.

»Wofür war das denn?«

»Weil du so lustig bist.«

»Ach.« Jetzt musste ich auch schmunzeln.

Langsam merkte ich das Bier, aber es schmeckte heute unglaublich gut.

»Ich hole uns noch zwei Flaschen. Was hältst du davon?«, schlug ich vor.

»Klar.«

Als ich uns ein neues Bier holte, merkte ich, dass ich nicht mehr so geradeaus laufen konnte. Der Alkohol zeigte seine Wirkung. Zum Glück war es nicht mehr so voll in der Diskothek. Ich sah auf meine Uhr und stellte fest, dass es schon nach zwei war. Wo ist die Zeit hin? Mit zwei vollen Bierflaschen ging ich wieder zurück zu Veronika und musste feststellen, dass sie von einer Frau belagert wurde. Ich beobachtete das Schauspiel aus der Ferne und schmunzelte. Veronika sah ziemlich genervt aus.

»Ich bin vergeben. Sagte ich doch schon«, hörte ich sie.

»Das glaube ich dir nicht. Lass uns doch mal ausgehen.«

»Nein.«

Ich ging zu Veronika, um ihr aus der Situation herauszuhelfen.

»Schatz? Gibt`s hier ein Problem?«, fragte ich.

»Sorry«, sagte die fremde Frau, die eine Glatze und einige Sterne am Hals tätowiert hatte, und hielt ihre Hände nach oben. Sogleich entfernte sie sich von Veronika und war ein paar Sekunden später nicht mehr zu sehen.

»Danke. Ich wusste nicht, wie ich sie loswerden soll.«

»Bitte. Ich sagte doch, es gibt Verehrerinnen.« Ich musste über ihre Hilflosigkeit lachen und reichte ihr eine der Bierflaschen weiter. Ich setzte mich wieder zu ihr in den Sessel und versuchte, so wenig Körperkontakt zu haben, wie es nur möglich war. »Bastian und Peter scheinen schon gegangen zu sein. Ich konnte sie nirgends entdecken.«

»Ich glaube, nach diesem Bier werde ich auch gehen. Bin ziemlich müde«, sagte Veronika.

»Nach diesem Bier gehe ich auch. Allerdings muss ich mir dann noch etwas zu essen holen, bevor ich nach Hause laufe.«

»Mitten in der Nacht?«

»Klar. Mein Hunger fragt mich nicht, wie spät es ist.«

»Du hast recht. Auf ein paar Pommes hätte ich tatsächlich auch Lust.«

»Dann weiß ich schon, wo es gleich hingeht.« Ich zwinkerte Veronika zu und stieß mit ihr an, bevor ich aus der Flasche ein paar großzügige Schlücke nahm.

Ich musste feststellen, dass ich auch ziemlich müde war. Dennoch war mir auch klar, dass ich mit Hunger nicht schlafen gehen konnte. Viel zu gut wusste ich, wie ich tickte.

Wir tranken unser letztes Bier sehr schnell aus, um bald aufbrechen zu können. Nicht weit von der Diskothek kehrten wir ein, um unsere Bäuche zu füllen. Veronika bestellte sich eine Portion Pommes mit Ketchup und ich hatte Lust auf einen vegetarischen Burger. Wir setzten uns für ein paar Minuten hin, um unsere

Bestellung zu vernichten.

»Hmm, lecker«, sagte sie.

»Fantastisch.« Schmatzend kaute ich das weiche Brötchen. »Jetzt geht es mir schon viel besser.«

»Ging es dir vorhin nicht gut?«

»Doch, natürlich. So meinte ich das nicht. Ich hasse es einfach, Hunger zu haben.«

Veronika schob sich die Pommes, eine nach der anderen, in den Mund und selbst das sah so verdammt sexy bei ihr aus.

»Fertig.« Ich wischte meine Hände an der Serviette ab und legte sie zurück auf das Tablett zu dem anderen Müll. »Können wir los?«

»Ja. Lass uns Heim gehen.«

Wir stellten unsere Tabletts in den vorgesehenen Waagen und machten uns schließlich auf den Heimweg. Nach einer viertel Stunde standen wir in der Diele unserer WG. Ich hatte Mühe, mir die Schuhe auszuziehen. Veronika ging es ähnlich. Sie hielt sich an mir fest, als sie versuchte, ihren rechten Schuh mit der linken Hand herunterzustreifen. Ich verlor mein Gleichgewicht und stürzte zu Boden. Veronika lag auf mir und lachte.

»Tut mir leid«, sagte sie.

Die Situation brachte mir weitere Schweißausbrüche ein. Ihre Nähe und so wie sie auf mir lag, lösten in mir Kopfkino aus, das ich nicht wirklich sehen wollte. Wenn es eine lesbische Frau gewesen wäre, so hätte ich sie an mich näher gezogen und sie geküsst.

»Kannst du bitte von mir runtergehen?«, sagte ich etwas genervt.

»Ja, tut mir leid«, entschuldigte sie sich erneut. Sie schob sich von mir zur Seite und stand dann auf. »Komm, steh auf.« Sie half mir mit einer Hand nach oben.

»Schlaf gut«, sagte ich schnell und verschwand auf mein Zimmer. Ich hatte immer noch einen Schuh an.

4

Ich ließ mich auf mein Bett fallen und wischte ein paar Schweißtropfen von der Stirn, die ich in dem Moment als sehr unangenehm empfand. Nachdem ich es endlich schaffte, den zweiten Schuh vom Fuß abzustreifen, schmiss ich ihn davon und deckte mich zu. Ich hatte keine Lust und Kraft mehr, mich meiner Kleidung zu entledigen.

Meine Nacht war ruhelos und das, was ich träumte, machte mich wahnsinnig. Immer wieder wachte ich schweißgebadet auf, nachdem ich Veronikas nackten Körper vor mir sah. Mitten in der Nacht entledigte ich mich doch meiner Kleidung, als ich so fürchterlich zu schwitzen angefangen hatte.

Veronikas nackte Haut schmiegte sich an meine. Sie rutschte auf mir auf und ab. Ihre Haare hingen mir ins Gesicht. Ich roch den Duft ihres Shampoos. Ihr Gesicht kam meinem näher und bevor sich unsere Lippen berührten, wachte ich erneut auf.

»Scheiße!«, sagte ich und betätigte den Knopf der Nachttischlampe. Ich setzte mich auf und rieb meine müden Augen. Es war kurz nach sechs. Viel zu früh, um jetzt schon aufzustehen. Immerhin war Sonntag. Ich hatte aber auch keine Lust, so unruhig weiterzuschlafen, und beschloss doch jetzt schon mein Bett zu verlassen.

Ich zog mir eine Jogginghose und ein T-Shirt über, und ging in die Küche, um mir einen Kaffee zu machen. In der Wohnung war es sehr still. Ich versuchte, leise zu sein, um Veronika nicht zu wecken.

Mit einer Tasse Kaffee ging ich wieder in mein Zimmer, legte mich auf`s Bett und fing an, im Roman weiterzulesen. Der Kaffee tat gut. Erst um acht Uhr stand ich wieder auf, um ins Bad zu gehen.

Das kalte Wasser tat sein Übriges, was der Kaffee noch nicht ganz geschafft hatte, und ich war jetzt absolut wach. Außerdem kühlte ich nicht nur den Kopf, sondern auch meine Kleine da unten, die mich schon die ganze Nacht verrückt gemacht hatte. Zwanzig Minuten später saß ich in der Küche, machte erneut einen Kaffee und schmierte mir ein Brötchen zum Frühstück. Veronika schlief wohl wie ein Bär, denn ich hörte sie den ganzen Morgen nicht. Sie war zu beneiden.

Ich zog mir die Schuhe und Jacke über und verließ die Wohnung, um ein wenig spazieren zu gehen. Die frische Luft tat gut und vertrieb meine Müdigkeit. Das Wetter passte zu dem Herbst, den wir mittlerweile hatten. Ich zog den Kragen meiner Jacke etwas mehr nach oben. Trotz der ungemütlichen Kälte setzte ich mich auf eine freie Bank, um ein wenig Ruhe zu finden.

Es war nicht so viel los hier, zu dieser Uhrzeit. Die meisten lagen bestimmt noch in ihren warmen Betten. Im Grunde genommen hatten sie ja recht.

Während ich gedankenlos vor mich hinstarrte, kam eine Frau geradewegs zu mir und blieb nur einen Meter vor mir stehen. Ich erkannte sie nicht sofort mit ihrer Mütze, die sie über die Ohren gezogen hatte.

»Hallo«, sagte sie.

»Hallo.« Ich sah sie an, aber konnte noch keine Verbindung herstellen.

»Ach, du erkennst mich nicht?«

»Tut mir leid. Du kommst mir bekannt vor, aber ich weiß nicht woher.«

»Das ist nicht schlimm. Wir haben uns doch nur ganz kurz gesehen. Ich ziehe bei dir in die WG ein.«

»Ach ja, Eva, richtig?«

»Genau.«

»Und schon am Packen?«

»Steht fast alles bereit. Es ist gut, dass wir uns gerade sehen. Ich wollte sowieso heute Nachmittag anrufen und fragen, ob ich schon morgen einziehen kann.«

»Wegen mir. Das Zimmer wartet ja auf dich.«

»Mensch, super. Sonst müsste ich noch tagelang auf den gepackten Kisten sitzen und eigentlich bin ich ja schon umzugsbereit.«

»Prima. Du kommst einfach, wann es passt. Ich bin sowieso tagsüber auf der Arbeit.«

»Alles klar. Dann sehen wir uns vielleicht morgen Abend. Bis dann.«

»Bis morgen«, sagte ich. Ich sah Eva nach, als sie sich entfernte.

Nach fast zwei Stunden an der frischen Luft kehrte ich wieder zurück nach Hause. Ein wenig durchgefroren, aber wach. Veronika saß in der Küche und trank einen Kaffee.

»Guten Morgen«, sagte ich zu ihr.

»Guten Morgen. Du warst aber schon sehr früh unterwegs.«

»Ich konnte irgendwie nicht mehr schlafen«, log ich.

»Ich hingegen schon.« Sie schmunzelte. »In der Kanne ist noch Kaffee, wenn du magst.«

Ich machte eine Tasse voll und setzte mich ihr gegenüber.

»Übrigens, ich habe eben Eva getroffen. Das ist die andere Neue, die in unsere WG einzieht. Sie möchte schon morgen ihren Umzug durchziehen.«

»Ach, cool.«

»Simone wird sicherlich heute Abend auch

nach Hause kommen. Sie übernachtet meistens am Wochenende bei ihrer Freundin. Manchmal aber auch ihre Freundin hier bei ihr.«

»Das wird bestimmt lustig hier mit uns vier.«

»Bestimmt.«

»Und was machst du heute noch?«, fragte sie mich.

»Das weiß ich noch gar nicht. Mal sehen.«

»Spielst du gerne Karten?«

»Klar.«

»UNO?«

»Warum nicht?«

Veronika sprang sofort auf und holte das Kartenspiel aus ihrem Zimmer. Ich versuchte, darüber nachzudenken, wann ich das letzte Mal Karten gespielt hatte, aber mir fiel es nicht ein. Ich freute mich schon darauf.

»Okay, los geht´s«, sagte sie und mischte den Stapel durch.

»Du magst es wohl, zu verlieren?«, antwortete ich spitzbübisch.

»Na, das werden wir sehen, wer hier der Verlierer ist.« Sie zeigte mir die Zunge.

Wir spielten einige Runden. Mal gewann ich und manchmal auch Veronika. Hin und wieder ertappte ich mich, wie ich ihre Hände ansah oder ihr Gesicht anstarrte. Sie merkte es nicht, aber ich fühlte mich irgendwie tatsächlich dabei dämlich.

Mir schoss die Hitze ins Gesicht, als wir gleichzeitig nach dem Kartenstapel griffen. Ich ließ die Karten sofort los, als hätte ich mich verbrannt. Veronika brachte mich völlig aus dem Konzept.

»Alles in Ordnung?«, fragte sie.

»Ja, alles bestens.«

»Wahnsinn, es ist schon zwei. Du hast nicht schon etwa Hunger?«, fragte sie plötzlich, nachdem sie auf ihre Armbanduhr geschaut hatte.

»Was für eine Frage?« Tatsächlich knurrte sofort mein Magen, wie zur Bestätigung.

»Sollen wir uns vielleicht eine Pizza bestellen? Was hältst du davon?«

»Eine wunderbare Idee. Warte mal, ich habe hier irgendwo einen Flyer.« Ich kramte in der Schublade und holte ein Flugblatt für einen Pizza-Lieferservice heraus.

Wir studierten die Gerichte und bestellten uns eine Pizza. Mir lief schon das Wasser im Mund zusammen, bei diesem Gedanken.

»Ich weiß, es ist etwas verrückt und noch recht früh für ein Bier, aber magst du trotzdem?«, fragte Veronika, während wir auf unser Essen warteten.

»Warum nicht? Ich habe heute sowieso nichts vor, als zu faulenzen.« Ich stand auf und holte uns zwei Flaschen aus dem Kühlschrank. Vorsichtshalber lud ich noch ein paar aus dem Bierkasten, der daneben stand, nach. Wer weiß, vielleicht hatten wir noch Lust auf ein zweites oder drittes.

Während wir aus den Flaschen tranken, spielten wir weiter Karten, um die Zeit zu überbrücken. Nach gut vierzig Minuten und der zweiten Bierflasche, klingelte es an der Tür. Mein Hunger war extrem und bei dem Gedanken an Essen musste ich laut schlucken. Veronika kicherte. Anscheinend blieb ihr das nicht verborgen. Ich eilte an die Tür, um die Pizza in Empfang zu nehmen.

»Hey, hast du mal kurz Zeit?« Meine Ex stand vor der Tür. Sie hatte mich überrumpelt.

»Nein, nicht wirklich. Ich habe doch gesagt, dass du dich nicht nochmal bei mir blicken lassen sollst. Was gibt es hier nicht zu verstehen?«

»Komm schon. Ich bereue es ja auch und habe mich doch entschuldigt«, sagte Susi.

»So was kann man nicht verzeihen. Das war mehr als link, was du da gemacht hast.«

»Ich werde dir und Paula nicht mehr in die Quere kommen. Wirklich.«

»Das ist Vergangenheit. Ich kann es kaum glauben, dass du nicht auf dem neuesten Stand bist.«

»Ich habe es gehört, aber wusste nicht, ob es wahr ist.«

»Ist wahr.«

»Dann könnten wir doch wieder ...«

»Nein!«, sagte ich energisch. »Gehe jetzt.«

»Julia, bitte.«

»Nein.«

»Überleg es dir bitte nochmal.«

»Ich sagte nein. Lass mich in Ruhe.«

Veronika spähte neugierig aus der Küche. »Ist alles in Ordnung?«

»Ist das deine Neue?«, fragte Susi.

»Nein, ist sie nicht.« Ich wandte mich um und sagte zu Veronika: »Ich komme gleich. Es war noch nicht die Pizza.«

»Neue Bewohnerin?«, fragte Susi erneut.

»Ja. Tschüss.« Ich machte die Tür vor ihrer Nase zu. In diesem Moment klingelte es erneut an der Tür. Ich drückte die Haustür auf. Im Treppenhaus war ein Tumult zu hören, bevor der Pizzalieferant vor unserer Tür erschien. Er kam mit leeren Händen und ich war verwundert.

»Tut mir leid. Ihre Pizza.« Er zeigte zu der Treppe.

»Was ist mit unserer Pizza?«

»Tut mir leid.«

»Das sagten Sie schon. Wo ist meine Bestellung?«, fragte ich genervt.

»Die Frau alles umgeworfen. Pizza ist auf Treppe«, sagte er in einem gebrochenen

Deutsch.

»Wie? Auf Treppe?« Ich sah ihn entsetzt an.

»Klebt auf Treppe. Ich holen neu.«

»Bitte beeilen Sie sich, sonst verhunger ich hier.«

»Okay, okay. Ich schnell holen.« Schon eilte der Mann davon und ich schloss die Tür hinter mir zu. Fassungslos ging ich in die Küche. Veronika hatte schon Servietten und einen Pizzaschneider bereitgelegt.

»Tut mir leid. Ich glaube, das dauert noch ein bisschen«, sagte ich. Ich setzte mich mit hängendem Kopf hin und nahm von dem mittlerweile warmen Bier ein Schluck.

»Was ist passiert?«

Ich erzählte ihr die ganze Geschichte über meine Ex und Paula und schloss mit: »... Und jetzt klebt unsere Pizza auf den Treppenstufen. Der Lieferant holt eine neue.«

»Und ich habe so furchtbar Hunger«, jammerte Veronika.

»Na, frag mich mal.« Mein Magen knurrte zur Bestätigung.

»Du hast vielleicht eine komische Ex.«

»Da sagst du was.« Ich verdrehte die Augen. »Ich glaube, jetzt brauche ich noch ein Bier. Wie sieht es bei dir aus?«

»Bin dabei.«

Ich trank noch den letzten Schluck aus und

holte uns zwei neue Flaschen aus dem Kühlschrank. Während wir weiter Karten spielten und auf die Pizza warteten, tranken wir unser zweites Bier aus und ich holte direkt das nächste. Zum Glück hatte ich ein paar Flaschen kalt gestellt.

»Du siehst richtig süß aus, wenn du verärgert bist, weißt du das?«, sagte meine neue Mitbewohnerin unerwartet.

»Ach, was.« Ich lachte Veronika an. »Das ist wohl der Alkohol.«

»Nein, nein. Wenn du ein Mann wärst, dann würde ich dich jetzt küssen.«

Beinahe verschluckte ich mich an meinem Getränk. Die Hitze stieg mir zu Kopf. Die Situation machte mich sehr nervös. Ich versuchte, einen kühlen Kopf zu behalten.

»Und nun? Ich bin kein Mann.«

»Hmm.« Sie sah mich aus leuchtenden Augen an. »Ich könnte dich trotzdem küssen.«

»Das halte ich für keine so gute Idee.« Ich wurde hibbelig. Schnell stand ich auf und kramte in der Küchenschublade nach was Essbaren. »Wir hatten irgendwo Kekse.«

»Ich brauche keine Kekse. Ein Kuss wäre schöner.« Veronika stand hinter mir. Ich drehte mich zu ihr um und gab ihr das, wonach es sie durstete.

Unsere Lippen spielten leidenschaftlich miteinander, während sich Veronikas Körper an mich drückte. Ich umschloss ihre Hüfte und währte mich nicht mehr gegen meine Gefühle. Die Zungenspitzen berührten sich und ich war so erregt, wie schon lange Zeit nicht mehr. Ich hatte seit gestern schon ein enormes Verlangen, diese Frau zu küssen und zu berühren.

Es klingelte an der Tür. Wir ließen voneinander erschrocken ab, als wären wir Teenager, die ertappt wurden. Mit schnellem Herzschlag ging ich zur Tür, um unser Essen in Empfang zu nehmen.

»Tut mir leid«, sagte der Bote.

»Sie können ja nichts dafür. Danke.« Ich schloss die Tür und beförderte unser Essen in die Küche. Ich konnte Veronika nicht ansehen. Die Situation war viel zu verwirrend für mich.

»Tut mir leid für vorhin«, sagte sie.

»Alles gut.«

»Ich glaube, es war das Bier, dass ich mich so gehen ließ. Du weißt ja, ich stehe nicht auf Frauen.«

»Ich weiß. Lass uns essen, bevor es kalt wird.« Ein wenig wütend und enttäuscht war ich dennoch.

Wir aßen die Pizza und sprachen nicht mehr viel miteinander. Die Stimmung war gekippt und die Atmosphäre fühlte sich kalt an. Unausgesprochene Gedanken hingen in der Luft.

»Sehr lecker. Bestellst du da immer?«, fragte Veronika.

»Meistens.«

»Ich hoffe, es ist alles gut zwischen uns. Tut mir wirklich leid.«

»Lass uns nicht mehr darüber reden und so tun, als wäre es nie passiert.«

»Gut.«

Während wir noch aßen, ging die Wohnungstür auf und Simone erschien auf der Bildfläche.

»Hey, ihr Süßen. Ich bin wieder da.«

»Hallo, Simone«, sagte ich.

»Magst du ein Stück Pizza?«, fragte Veronika. »Ich schaffe sie bestimmt nicht ganz.«

»Ich opfer mich gerne.« Simone zog ihre Schuhe und Jacke aus und setzte sich zu uns. »Boh, lecker.« Sofort hatte sie sich ein Stück Pizza aus dem Karton genommen.

»Übrigens, Eva zieht schon morgen ein. Nur, dass du Bescheid weißt. Ich hatte sie heute Morgen im Park getroffen.«

»Ach, okay«, antwortete Simone schmatzend.

Ich aß das letzte Stück meiner Pizza auf, legte den leeren Karton zu dem anderen Papiermüll und wusch mir die Hände.

»Ich verschwinde in mein Zimmer. Bis dann«, sagte ich.

»Jetzt schon?«, fragte mich Simone.

Veronika sah mich an, ohne etwas zu sagen.

Ich wusste, dass es in der nächsten Zeit schwer zwischen uns sein würde.

»Ja, ich bin müde. Wir waren letzte Nacht feiern und ich hatte nicht so viel Schlaf.«

»Ach? Du und Veronika?«

»Ja. Sie kann dir sicherlich mehr erzählen.« Ich drehte mich um und ging davon.

Meine Gedanken spielten an dem Abend verrückt. Der Kuss hatte mich vollkommen aus der Bahn geworfen. Ich fühlte mich zu Veronika unglaublich hingezogen, doch wusste ich auch, dass es keine Zukunft hatte. Ich legte den Kopfhörer über meine Ohren und versuchte, mich mit Musik zu entspannen.

Nach einer Stunde, die ich auf dem Bett lag und Musik hörte, lauschte ich nach Geräuschen in der Wohnung. Als ich mir sicher war, dass jeder sich in seinem eigenen Zimmer aufhielt, holte ich mir aus der Küche ein weiteres Bier. Ich machte meinen Laptop an und surfte ein wenig auf den unterschiedlichsten Seiten, während ich das kühle Getränk genoss. Es war noch viel zu früh, um jetzt schon ins Bett zu gehen.

Zehn Minuten später klopfte es an meiner Tür.

»Hast du mal kurz Zeit?«, fragte Veronika, nachdem sie bei mir im Zimmer stand.

»Ja, sicher.«

»Ich weiß, dass du enttäuscht bist. Kann ich auch absolut verstehen. Mein Verhalten war nicht in Ordnung.«

»Du hattest dich schon entschuldigt.«

»Ja, das habe ich. Trotzdem weiß ich, dass es für dich nicht mehr so ist, wie es war.«

»Na ja, braucht eben etwas Zeit.«

»Ich habe Angst, dass es anders zwischen uns wird. Wir hatten so einen tollen Tag und ich kann mit dir echt supergut feiern, reden und die Zeit totschlagen. Ich möchte dich nicht als Freundin verlieren. Mir war es wichtig, dir das noch mitzuteilen, verstehst du?«

»Ich habe es verstanden. Ich gab mir auch Mühe so zu tun, als wäre nichts geschehen, aber das war eben nicht so einfach. Gib mir ein bisschen Zeit, dann komme ich drüber hinweg.«

»Okay. Und wenn du reden möchtest, ich bin für dich da.«

»Gut.«

Veronika stand von meinem Bett auf und verließ das Zimmer. Ich war sehr über ihre Offenheit überrascht und fand es absolut sympathisch, dass sie auf mich zugegangen war.

Nachdem ich den letzten Schluck aus meiner Bierflasche getrunken hatte, nahm ich mein Buch zur Hand und begann zu lesen.

Ich erschrak, als der Wecker klingelte. Zu meiner Verwunderung lag ich in den Klamotten auf dem Bett. Ich muss beim Lesen eingeschlafen sein. Zügig suchte ich mir frische Anziehsachen aus dem Schrank heraus und ging ins Bad. Scheinbar musste Veronika nicht so früh aufstehen. In der Wohnung war es noch ganz still, als ich mein Zimmer verließ.

5

Als ich am Abend nach der Arbeit zu Hause war, lief Evas Einzug in vollem Gange. Im Flur stapelten sich Umzugskartons.

»Hey«, begrüßte ich die Neue.

»Hallo. Sorry für das Chaos.«

»Kein Problem. Brauchst du Hilfe?«, fragte ich höflich.

»Ja, gerne. Simone ist unten am Auto und holt die letzten Sachen. Du kannst mir helfen, die Kartons hier ins Zimmer zu schleppen.« Eva wischte sich den Schweiß von der Stirn ab.

»Hast du Steine eingepackt?«, sagte Simone, die soeben einen Karton in den Flur schob. Ihr Gesicht war tomatenrot und sie atmete schwer. »Im Auto ist nur noch etwas Kleinkram. Ich muss jetzt aber erst mal was trinken.« Sie holte sich aus der Küche eine Wasserflasche. »Warum Frauen immer so viele Sachen haben müssen, das werde ich wohl nie verstehen.«

Sie trank die halbe Flasche in einem Zug, stellte sie dann auf der Kommode im Flur ab und verschwand wieder im Treppenhaus.

Ich trug einen Karton nach dem anderen in Evas Zimmer und musste Simone recht geben. Es fühlte sich an, als würden die Kartons nur Steine beinhalten. Nach dem Tag in der Werkstatt war ich eigentlich schon ziemlich erledigt.

Obwohl mir der Rücken wehtat, wollte ich ihr trotzdem behilflich sein.

»Danke, dass du mir hilfst. Das ist echt lieb von dir.«

»Gerne.«

»Dabei hast du ja schon den ganzen Tag schwer in der Werkstatt gearbeitet. Nur noch die zwei Kartons, dann sind wir fertig«, sagte sie.

Ich stellte den letzten Karton in ihr Zimmer, bevor ich ins Bad ging, um mich zu duschen und meine Hände sauber zu machen. Der schwarze Dreck von der Arbeit klebte immer noch unter den Fingernägeln.

Während ich mich mit heißem Wasser abduschte und die Wärme auf meinem Rücken genoss, fing ich an zu grübeln. Ich wusste noch nicht genau, was es ist, aber ich hatte das Gefühl, dass irgendetwas seltsam war. Auch wenn ich mich sehr anstrengte und kurz innehielt, es wollte mir nicht einfallen. Ich hoffte, mein merkwürdiges Gefühl würde sich irgendwann von selbst erklären.

Nachdem ich meine Jogginghose und ein T-Shirt angezogen hatte, verließ ich das Badezimmer und fühlte mich direkt wohler in meiner Haut. Der Hunger trieb mich als Erstes in die Küche, wo ich einen Topf mit Wasser aufsetzte. Ich nahm am Tisch Platz und wartete, bis das

Wasser kochte.

»Hey. Was gibt es zu essen?«, fragte Eva, die in die Küche kam.

»Spaghetti mit Pesto. Magst du auch?«, fragte ich aus Höflichkeit. Lieber hätte ich die Packung Spaghetti alleine vertilgt, wie sonst auch.

»Ja, gerne. Ich hatte total vergessen, mir etwas zum Essen zu kaufen«, antwortete sie zu meinem Bedauern.

»Du hattest ja anderes zu tun. Kann ich verstehen.«

»Ja, Umzug ist schon echt stressig. Eigentlich hasse ich es.«

»Mir geht es nicht anders. Zum Glück ist es schon eine Weile her seit dem letzten Umzug.«

Das Wasser fing an, zu brodeln. Ich riss die Packung mit den Spaghetti auf und warf die Nudeln in den Topf.

»Magst du auch das Grüne? Oder lieber rotes Pesto?«, fragte ich.

»Ja. Ich mag beide. Rot und grün.« Eva lächelte mich an. Ich fand, sie hatte ein sehr warmes und attraktives Lächeln.

»Gleich können wir essen.«

»Wie lange wohnst du eigentlich schon hier in der WG?«

»Ich habe die WG vor circa sieben Jahren gegründet.«

»Hier sind bestimmt schon einige Frauen ein-

und ausgezogen, nicht wahr?«, fragte sie.

»Ja, die eine oder andere. Das bleibt leider nicht aus. Oft aus Jobgründen oder die sind dann mit dem Partner oder Partnerin zusammengezogen. Ist eben so.«

»Und du?«

»Was ich?«

»Du ziehst nicht bei deinem Partner oder Partnerin ein?«, fragte Eva.

»Ganz schön neugierig.« Ich musste schmunzeln. »Hmm, bisher wurde es noch nicht so ernst, dass ich es in Erwägung gezogen hatte. Klar war das manchmal ein bisschen stressig mit dem Pendeln, aber ich müsste mir schon verdammt sicher sein, um hier auszuziehen.«

»Das würde ich auch nicht machen. Es gibt so viele, die nach nur ein paar Wochen direkt zusammenziehen. Nein, nichts für mich.«

»Ich glaube, die Nudeln sind fertig.« Ich stand auf, goss das Wasser mit den Nudeln in ein großes Sieb um und vermischte sie danach in dem Topf mit dem Pesto.

»Bitte schön«, sagte ich. Ich stellte einen Teller vor Eva ab. Dann holte ich den geriebenen Parmesan aus dem Kühlschrank und legte die Tüte ebenfalls auf den Tisch.

»Danke. Mir läuft das Wasser im Mund zusammen.«

»Lass es dir schmecken.« Nachdem ich kräftig

den Käse darüber gestreut hatte, fing ich an, meine Nudeln in mich hineinzuschaufeln.

»Ich koche gerne auch was für dich. Als Revanche sozusagen«, sagte Eva mit vollem Mund.

»Musst du nicht.«

»Ich möchte aber.«

»Okay.«

Während wir still aßen, kam auch Veronika in die Küche. Sie muss in der Zwischenzeit nach Hause gekommen sein. Vermutlich, als ich unter der Dusche stand, denn ich hatte sie nicht gehört.

»Na, ihr zwei?«, sagte sie.

»Hey.« Ich sah nur kurz auf, bevor ich weiter aß.

»Guten Appetit«, sagte Veronika.

»Danke«, antworteten wir einstimmig.

»Ich bin übrigens Eva. Heute eingezogen«, stellte sich die neue Mitbewohnerin vor.

»Freut mich. Ich bin Veronika. Erst seit Samstag da, also genauso ziemlich neu.«

»Magst du auch was essen?«, fragte ich aus Anstand.

»Ja, gerne. Es sieht sehr lecker aus.«

Ich lud den Rest der Nudeln auf einen Teller und mein Herz blutete dabei. Ich hatte immer noch Hunger. Obwohl es mir nicht gefiel, mein Essen zu teilen, wollte ich höflich sein.

Ich stellte den Teller auf dem Tisch ab und versuchte, nicht enttäuscht dabei zu gucken.

»Wenn ihr wollt, dann mache ich nachher noch ein bisschen was zu essen. Wollte sowieso heute ein paar Sachen einkaufen gehen. Wie wär´s?«, fragte Veronika.

»Oh ja.« Meine Laune wurde plötzlich besser. »Ich bin dabei.«

»Ich auch. Wenn ihr Lust habt, ich habe noch irgendwo im Karton zwei Flaschen Rotwein. Muss sie nur suchen«, sagte Eva.

»Perfekt.« Ich klatschte in die Hände. Mein Tag war gerettet.

In diesem Moment ging die Wohnungstür auf. Simone ist nach Hause gekommen. Sie spähte in die Küche.

»Hallo. Boh, so voll war die Küche schon lange nicht mehr.«

Wir mussten alle über die ungehobelte Art, die Simone hatte, herzhaft lachen.

»Wir setzen uns nachher noch mit ein paar Häppchen und Wein zusammen. Magst du auch dazu kommen?«, fragte Veronika.

»Na, klar. Wann soll es denn losgehen?«

»Ich denke, in eineinhalb Stunden wäre ich so weit. Ich gehe jetzt direkt einkaufen.« Nachdem sie aufgegessen hatte, stand sie sofort auf, zog sich Schuhe und Jacke an und verschwand aus der Wohnung.

»Okay. Dann bis später«, sagte ich. Ich stellte meinen Teller und das Geschirr in die Spülmaschine und ging auf mein Zimmer. Bevor es losging, wollte ich mich noch ein wenig ausruhen.

Während ich in meinem Roman las, hörte ich nach einiger Zeit, dass Veronika nach Hause gekommen war. In der Küche hörte man ein Klappern und Klirren. Irgendwas war zu Bruch gegangen. Ich hoffte, es war nicht meine Lieblingstasse.

Wenige Minuten später klopfte es an meiner Tür.

»Ja«, sagte ich und legte mein Buch zur Seite.

»Ich bin so weit. Magst du kommen?« Veronika stand lächelnd in meiner Zimmertür und war freudig gestimmt.

»Klar. Ich komme.« Schon sprang ich aus dem Bett und eilte in die Küche. Wenn es ums Essen ging, musste man mich nicht zwei Mal bitten.

»Das sieht ja lecker aus.« Ich konnte nicht glauben, was ich da sah. Vielerlei Häppchen und Aufstriche, außerdem ein frisches Baguette und Käse in verschiedenen Variationen. Mir lief das Wasser im Mund zusammen. »Du hast ganz schön gezaubert. Wahnsinn.« Ich setzte mich hin und war bereit, um zuzuschlagen.

Simone und Eva kamen ebenfalls dazu und waren genauso wie ich begeistert.

»Ich habe sie Gott sei Dank gefunden«, sagte Eva und stellte zwei Flaschen Rotwein auf den Tisch.

Ich machte die erste Flasche auf und schenkte die rote Flüssigkeit in unsere Gläser ein. Es klingelte an der Tür. Nicht nur ich sah überrascht aus, sondern auch die anderen. Nur Veronika nicht.

»Ach ja, ich vergaß. Meine beste Freundin wollte vorbeikommen. Das ist sie sicherlich.« Veronika ging an die Tür und tauchte mit einer sehr attraktiven Frau in unserer Küche auf.

»Das ist Jana«, wurde sie vorgestellt. Sie wurde herzlichst von uns begrüßt und setzte sich ebenfalls an den Tisch. Ich konnte mich daran erinnern, dass Veronika Mal ihre beste lesbische Freundin erwähnt hatte.

Simone holte ein weiteres Weinglas aus dem Schrank und stellte es gefüllt vor Jana ab.

»Dann zum Wohl. Auf unsere zwei Neuen!« Ich hielt mein Glas nach oben und prostete allen nacheinander zu.

Die Stimmung an diesem Abend war fantastisch und ich freute mich darüber, dass in unserer WG wieder Leben eingekehrt war. Wir ließen uns das Essen und den Wein schmecken. Schließlich fühlte ich mich auch satt und war zufrieden. Erst gegen zweiundzwanzig Uhr verabschiedete sich Simone als Erste. Sie war schon müde und wollte zu Bett. Daraufhin verabschiedete sich auch Jana und ging nach Hause. Eine viertel Stunde später sagte auch Veronika gute Nacht. Es war verständlich, an einem Montag wollte man nicht allzu spät ins Bett gehen. Immerhin mussten wir am nächsten Tag alle früh aufstehen.

Ich hatte noch ein bisschen Wein in meinem Glas und wollte mich auch bald verabschieden. Eva hatte auch noch ein halbes Glas voll und blieb auch noch mit mir zusammen ein wenig sitzen.

»Ich bin froh, hier zu sein«, sagte sie.

»Freut mich. Bist du mit dem Auspacken eigentlich gut vorangekommen?«

»Na ja. Ich glaube, das dauert etwas, bis alles seinen Platz gefunden hat.«

»Bei den vielen Kisten wundert mich das nicht.«

»Du lachst mich doch nicht etwa aus?«

»Ich? Niemals.« Jetzt prusteten wir beide los.

»Wann musst du morgen aufstehen?«, fragte Eva.

»Um sechs. Ist auch für mich gleich Zeit, um ins Bett zu gehen.«

»Schade. Ich hätte noch eine Flasche Rotwein im Zimmer.«

»Ich dachte, du hattest nur zwei?«

»Dachte ich auch, aber ich habe tatsächlich

noch eine Dritte gefunden.«

»Vielleicht ein anderes Mal. Ich muss morgen fit sein.«

»Verstehe. Aber am Freitag ist keine Ausrede. Oder musst du am Samstag auch arbeiten?«

»Nur selten, aber diesen Samstag nicht.«

»Dann sind wir für Freitag verabredet.«

Ich sah sie verdutzt an. Irgendwie ging mir das alles ein wenig zu schnell.

»Ähm …« Ich war blockiert.

»Ohne die anderen. Auf meinem Zimmer, um neunzehn Uhr.«

»Wie meinst du das?«

»Oh, nicht falsch verstehen. Ich meinte das nur rein freundschaftlich.«

»Na gut.« Ich stand auf und räumte mein Glas in den Geschirrspüler ein. »Gute Nacht«, sagte ich und ging ins Bad.

Während ich mir die Zähne putzte, ließ ich den Abend Revue passieren. Immer noch empfand ich Eva suspekt. Das Gefühl, dass irgendetwas seltsam an ihr war, begleitete mich nach wie vor. Ich hoffte, dass ich es bald herausfinden würde.

Als ich schon im Bett lag, dachte ich weiter darüber nach, bis mich der Schlaf einlullte.

Als der Wecker klingelte, fühlte ich mich, als wäre ein Bulldozer über mich drübergefahren.

Mit halb geschlossenen Augen ging ich ins Bad und dann unter die Dusche. Das kalte Wasser hatte nur ein bisschen geholfen. Ich hoffte, der Kaffee würde bald wirken und mich wach bekommen. Ich war im Nachhinein sehr froh darüber, dass ich keine weitere Flasche mit Eva getrunken hatte. Als ich auf dem Weg zur Arbeit war, bin ich beinahe gestolpert. Danach gab ich mir mehr Mühe, die Beine anzuheben.

Entsprechend meiner Müdigkeit hatte ich auch auf der Arbeit so ziemlich versagt. So viele Fehler, wie an diesem Tag, hatte ich noch nie gemacht. Ich trank einen Kaffee nach dem anderen, um einigermaßen wach zu bleiben.

Als ich in den Feierabend ging, war ich erleichtert und froh, den Tag überstanden zu haben. Auf dem Heimweg nahm ich nur etwas beim Chinesen zum Essen mit und aß dann die sehr köstliche Speise auf meinem Zimmer. Direkt danach legte ich mich hin und schlief tatsächlich bis zum nächsten Morgen.

6

In der WG kehrte ab Mitte der Woche der normale Alltagstrott ein. Alle gingen ihren Arbeiten nach und waren tagsüber nicht zu Hause. An diesem Donnerstag musste ich bis zweiundzwanzig Uhr arbeiten. Als ich endlich Feierabend hatte und zu Hause ankam, wurde ich bereits von Eva erwartet.

»Hey, ich wollte dich nur an morgen erinnern.«

»Ich habe es nicht vergessen«, antwortete ich.

»Also um neunzehn Uhr. Du brauchst dir nichts zum Abendessen zu machen. Ich bringe was vom Asiaten mit.«

»Okay. Super.« Ich wollte auf mein Zimmer gehen, doch Eva redete weiter.

»Und Wein habe ich auch schon besorgt. Oder magst du lieber Bier?«

»Ich richte mich nach dir.« Es war mir ein bisschen anstrengend, so direkt nach der Arbeit überfallen zu werden.

»Na gut. Ich besorge beides, dann kannst du dich morgen einfach entscheiden.«

»Okay.«

»Ich freue mich schon.«

»Ja, ich mich auch. Bis dann.« Ich wollte so schnell wie möglich das Gespräch beenden.

»Und nicht vergessen. Um neunzehn Uhr.«

»Ich vergesse es nicht. Sei mir nicht böse, aber ich bin total kaputt und würde jetzt gerne auf mein Zimmer gehen.«

»Sorry. Ich verstehe. Bis morgen.«

»Bis morgen.« Ich ging rasch weg, bevor ihr noch etwas einfallen konnte. Erledigt warf ich mich auf mein Bett und machte kurz die Augen zu. Eva wurde mir irgendwie immer suspekter. Ich nahm mir vor, morgen Abend etwas genauer auf Tuchfühlung zu gehen.

Bevor ich mich versah, hatten wir auch schon den Freitag, an dem mich Eva zum Abendessen auf ihr Zimmer eingeladen hatte. Ich wusste nicht genau, ob es ein Date war oder die Absicht, etwas gut zu machen für meine Spaghetti mit Pesto. So ganz genau wurde es mir nicht kommuniziert.

Als ich zu Hause war, ging ich zuerst unter die Dusche und zog mir frische Klamotten an. Die eine Stunde bis um neunzehn Uhr überbrückte ich mit einem Telefonat bei Bastian und anschließend las ich noch ein paar Seiten in meinem Roman. Hin und wieder hörte ich eine Zimmertür aufgehen und jemanden in der Küche hantieren. Vermutlich war es Eva, die nach Gläsern, Besteck und Tellern suchte. Ich wurde schon ein wenig nervös.

Pünktlich, zu der ausgemachten Zeit, klopfte

ich an ihre Tür.

»Komm rein«, hörte ich Eva rufen.

»Hallo«, sagte ich und trat zögerlich über die Schwelle.

Auf ihrem kleinen Tisch war ein sehr appetitlich aussehendes Essen aufgetischt. Eine Flasche Rotwein und zwei Flaschen Bier standen ebenfalls daneben. Um den Tisch herum, da, wo im Normalfall Stühle stehen würden, lagen Kissen und Decken.

»Ich habe noch keine Stühle besorgt«, entschuldigte sich Eva, nachdem sie meinem Blick folgte. »Aber so ist es auch bequem und sehr gemütlich.«

»Ich hoffe, das Essen landet nicht auf dem Boden. Ich bin da ein wenig tollpatschig.«

»Und wenn? Das ist nicht schlimm. Magst du Bier oder Wein?«

Ich entschied mich für das Bier und setzte mich Eva gegenüber.

»Ich hoffe, du magst chinesisches Essen?«

»Klar mag ich es.«

»Lass es dir schmecken.« Eva strahlte mich an. »Isst du auch mit Stäbchen?«

»Ach nein, lieber nicht. Würde ja ewig dauern, bis ich das Gefühl hätte, satt zu sein.«

»Sorry, dass ich jetzt lache, aber du bist einfach so lustig.« Sie hielt sich die Hand vor den Mund, damit kein Essen beim Lachen rausfallen konnte.

»Ich bin einfach nur verpeilt«, sagte ich. Nachdem ich den Reis und das Gemüse auf meinen Teller geladen hatte, begann ich zu essen.

»Zum Wohl.« Eva hielt mir ihre Flasche entgegen. Sie hatte sich auch für ein Bier entschieden.

»Prost. Und danke für die Einladung. Wäre aber ehrlich gesagt nicht nötig gewesen.«

»Doch, doch.«

»Ich habe dir nur ein paar Nudeln abgegeben und du machst hier direkt ein Menü mit allem Drum und Dran.«

»Ich mache das gerne. Außerdem wollte ich einfach nur alleine mit dir sein.«

Ich schluckte geräuschvoll mein Essen hinunter und sah Eva an. »Wie meinst du das?«

»Ich finde dich nett und dachte mir, dass ich dich so besser kennenlernen könnte.«

»Ich bin also nett?« Ich schmunzelte.

»Ja, schon von Anfang an, als ich dich gesehen habe.«

»Also seit der Wohnungsbesichtigung?«

»Ehrlich gesagt schon früher.«

Ich hörte auf, zu kauen und legte mein Besteck zur Seite. Auf die Erklärung war ich schon sehr neugierig.

»Okay, ich glaube, es wird jetzt Zeit, um dir etwas zu beichten.«

»Ich bin gespannt.« Ich sah Eva erwartungs-voll an.

»Ich hatte dich schon in der Autowerkstatt ge-sehen. Dein Kollege hatte bei mir die Reifen ge-wechselt, während du an einem anderen Auto herumgeschraubt hattest. Ich fand es sehr sexy übrigens.«

»Und deshalb hattest du dich für das Zimmer beworben?«

»Ja. Ich hatte sowieso vor umzuziehen, aber als ich dann gehört hatte, wie du deinem Kolle-gen erzählt hattest, dass bei dir zwei Zimmer frei werden, wollte ich die Chance ergreifen und hatte dann nachgeforscht.«

In dem Moment wurde mir klar, was ich bei Evas Einzug seltsam fand. Sie hatte meine Ar-beit in der Werkstatt erwähnt, obwohl sie es gar nicht wissen konnte, wo ich arbeitete.

»Und was erhoffst du dir davon?«

»Ich möchte dich nur ein bisschen besser ken-nenlernen. Mir war sofort klar, dass du auf Frauen stehst. Ich tue das auch. Daher möchte ich nur gucken, ob vielleicht mehr zwischen uns werden könnte.«

»Puh, sorry. Also, irgendwie ist mir das gerade ein bisschen zu viel und ziemlich crazy.« Ich stand von dem Kissen auf und wollte so schnell, wie es nur möglich war, das Zimmer verlassen.

»Geh nicht. Bitte.« Eva sah mich traurig an.

»Weißt du, wie seltsam das alles klingt?«

»Ja, ich weiß. Ich wollte doch nur in deiner Nähe sein, um dich kennenzulernen. Ich verlange ja nichts von dir, außer vielleicht, dass du ein wenig Zeit mit mir verbringst. Das jetzt, zusammen was essen und trinken. Sonst nichts.«

Ich ging wieder zurück an meinen Platz und setzte mich hin.

»Eva, ich verspreche dir aber nichts. Freundschaft meinetwegen, aber mehr?«

»Okay. Das ist absolut okay. Danke.«

Ich nahm einen kräftigen Schluck aus meiner Flasche, während ich sie beobachtete. Die Frau war für mich nach wie vor sehr eigenartig und mir war bewusst, dass ich vorsichtig bei ihr sein musste. Das Essen war allerdings sehr köstlich. Ich lud mir eine zweite Portion auf den Teller und schaufelte es in mich hinein.

»Erzähl mal was von dir«, sagte ich.

»Hmm, also so viel gibt es da nicht.«

»Wieso bist du auf der Suche? Gibt´s da eine Ex?«

»Ich bin ehrlich gesagt viel zu früh mit meiner Ex zusammengezogen. Das hat von Anfang an nicht funktioniert. Wir waren zu verschieden. Jeden Tag Streitereien wegen allem Möglichen. Das hat nur ein halbes Jahr gehalten.«

»Und die Beziehungen vorher?«

»Ich habe keine passende Frau gefunden, mit der es funktioniert hätte. Die waren alle sehr komisch. Früher war ich mit Männern zusammen. Das war auch nicht der Hit. Bis ich gemerkt habe, dass ich mich von Frauen mehr angezogen fühle.«

»Verstehe.«

»Und du?«, fragte sie.

»Ich hatte schon mehrere Beziehungen. Die letzte Trennung ist erst ein paar Wochen her. Davor war ich mit Susi zusammen. Fast sieben Jahre lang, aber wir haben uns auch irgendwann auseinandergelebt.«

»Wow. Sieben Jahre ist eine lange Zeit.«

»Das stimmt. Es war eine schöne Zeit, aber zum Schluss echt heftig.«

»Du bist dann also ein absoluter Beziehungsmensch, oder?«

»Auf jeden Fall.«

»Möchtest du noch ein Bier?«

Ich merkte erst jetzt, dass meine Flasche leer war. »Ja, gerne.«

Wir unterhielten uns noch eine Weile und ich empfand es dann doch recht angenehm. Eva war an mir und meinem Leben interessiert und es wurde kein bisschen langweilig. Jedenfalls bereute ich es nicht mehr, dass ich mich wieder hingesetzt hatte und nicht gegangen war.

»Danke für das Essen«, sagte ich.

»Sehr gerne. Du musst aber noch nicht gehen. Bier ist noch da. Ich könnte noch etwas Musik auflegen.«

»Oh, ich weiß nicht.«

»Komm schon.«

»Na schön, aber nicht mehr so lange.«

Sie machte zwei neue Bierflaschen auf und stieß wieder mit mir an. Danach stand sie auf und fummelte an ihrer Musikanlage herum. Einen kurzen Moment später erklang eine angenehme, leise Musik.

»Ist das so okay für dich?«

»Ja, passt.« Ich lehnte mich ein wenig zurück und fand es sehr entspannend.

»Und schau, so schlimm bin ich nun wirklich nicht. Immerhin hältst du es schon seit ...«, sie sah auf die Uhr. »... Seit drei Stunden mit mir aus.«

»Drei Stunden schon?«

»Ja.«

»Die Zeit verfliegt. Wahnsinn.«

»Ich hätte noch eine Nachspeise im Kühlschrank, wenn du magst?«

»Nachspeise geht immer.« Meine Augen fingen bei dem Gedanken an, zu leuchten.

»Bin gleich wieder da.« Eva stand von ihrem Kissen auf und eilte aus dem Zimmer hinaus. Sie ließ ihre Tür einen kleinen Spalt offen. Ich konnte hören, wie sie sich mit Veronika in der Küche unterhielt.

»Na, du?«, fragte Veronika.

»Alles gut. Und bei dir?«

»Schöne Musik, übrigens.«

»Danke.«

»Was ist das für eine Band?«

»Du, sorry. Ich habe gerade keine Zeit.« Sie öffnete den Kühlschrank und nahm die Nachspeise heraus.

Veronikas Blick wanderte zu den zwei Bechern. »Ach, verstehe. Du hast Besuch? Viel Spaß noch«, sagte sie.

»Danke.« Schon war Eva wieder in ihrem Zimmer zurück und schloss die Tür hinter sich zu.

Sie reichte mir einen braunen Plastikbecher und einen Löffel dazu.

»Lecker. Mousse au Chocolat! Geil«, sagte ich und machte mich direkt über die Nachspeise her. Es hatte nicht sonderlich lange gedauert, bis ich mit dem Essen fertig war. Eva hatte noch ein paar Minuten länger gebraucht. Es überraschte mich nicht. Ich war meistens beim Essen die Erste, die fertig war.

»Danke. War sehr lecker.«

»Bitte. Ich freue mich, wenn es dir geschmeckt hat.«

»Ist schon spät geworden. Ich glaube, ich verkrümele mich jetzt.«

»Schon? Morgen ist doch Samstag und du kannst ausschlafen.«

»Ja, aber es war heute ziemlich anstrengend und ich bin müde, wenn ich ehrlich sein soll.«

»Schade.«

»Auf jeden Fall vielen Dank für den schönen Abend und das tolle Essen. Schlaf gut und wir sehen uns sicherlich morgen.« Mit diesen Worten stand ich auf, nahm den letzten Schluck Bier aus der Flasche, bevor ich sie auf dem Tisch abstellte, und war schon auf dem Weg zu Tür.

»Halt. So nicht«, sagte Eva.

Ich drehte mich zu ihr um und wartete auf das, was noch kommen sollte. Sie kam auf mich zu und legte ihre Arme auf meiner Schulter ab.

»Eine Umarmung habe ich doch verdient, oder?«

»Ach. Natürlich.« Ich nahm sie in die Arme und drückte ihren Körper fest an mich.

»Und ein Küsschen?«, fragte sie.

»Nein, das geht mir ein wenig zu weit.« Ich drückte sie von mir weg, als ich sah, wie sie ihre Lippen spitzte. »Schlaf gut.« So schnell, wie jetzt, war ich noch nie aus einem Zimmer geflohen.

»Du?«, fragte mich jemand, als ich bereits im Flur stand. Veronika war plötzlich neben mir und machte große Augen.

Ich konnte nicht darauf antworten. Irgendwie fühlte ich mich schuldig, wobei es keinen Grund dafür gab.

»Gute Nacht«, sagte ich schließlich und verschwand schnell auf meinem Zimmer.

»Gute Nacht.« Veronika blieb wie angewurzelt stehen und sah mir nach. Ihren Blick fühlte ich in meinem Nacken.

Nachdem ich die Zimmertür hinter mir geschlossen hatte, legte ich mich auf mein Bett und versuchte, den Abend Revue passieren zu lassen.

Immer noch war ich darüber fassungslos, wie Eva sich hier bei der WG hineingeschmuggelt hatte, um nur in meiner Nähe zu sein. Ich hoffte, sie gehörte nicht zu den Frauen, die einen stalkten. Das konnte ich nicht gebrauchen.

Mir passte es auch nicht wirklich, dass Veronika meinen Besuch bei Eva im Zimmer mitbekommen hatte. Dabei hatte ich kein gutes Gefühl. Frauen konnten ziemlich zickig werden.

Während ich so darüber nachdachte, wurde ich sehr müde. Als meine Augenlider zugefallen waren, hatte ich das nicht mehr mitbekommen. Schnell schlief ich ein und träumte wilde Dinge.

7

Ich wurde durch laute Stimmen geweckt, die möglicherweise aus der Küche kamen. Obwohl ich zu lauschen versuchte, konnte ich nicht heraushören, um was es sich bei dem Streit handelte. Die Stimmen von Eva und Veronika waren eindeutig zu erkennen. Kurz entschlossen stieg ich aus dem Bett und begab mich in die Küche, aus der der Lärm kam.

»Was ist denn hier los?«, fragte ich. Die beiden Frauen standen sich böse anfunkelnd gegenüber.

»Nichts«, antwortete Eva.

»Lüg doch nicht«, fauchte Veronika.

»Hey, beruhigt euch doch. Es gibt nichts, was man nicht klären kann. Ich mache jetzt einen Kaffee und dann setzen wir uns zusammen und klären das.«

»Was ist denn hier los?« Simone stand nun auch in der Küche. Bei diesem Lärm war es nicht verwunderlich, dass sich alle hier versammelt hatten.

»Tja, keine Ahnung, aber unsere zwei Neuen scheinen ein Problem miteinander zu haben. Ich hoffe, wir hören gleich, um was es denn da geht?« Ich stemmte die Hände in die Hüfte und war jetzt schon schlecht gelaunt, obwohl es erst so früh am Morgen war.

Veronika und Eva setzten sich endlich zu uns, so weit voneinander entfernt, wie es nur ging. Als der Kaffee durchgelaufen war, stellte ich die vollen Tassen auf den Tisch und nahm ebenfalls Platz.

»Wisst ihr was? Bestimmt klärt ihr das auch ohne mich. Solche Dramen sind nichts für mich und diese dicke Luft hier verdirbt mir den ganzen Tag. Außerdem will ich noch packen und fahre dann zu meiner Freundin. Tschau.« Mit diesen Worten verschwand Simone im Badezimmer und ließ mich mit den zwei Kampfhähnen alleine.

»Na dann, wer will anfangen?«, fragte ich.

Natürlich meldete sich keine freiwillig. Hingegen sprühten weiterhin die Funken durch die Luft.

»Eva?« Ich sah sie erwartungsvoll an.

Sie sah mich sofort an. Ich konnte sehen, dass sie überlegte. Wahrscheinlich, wie sie das Dilemma erklären könnte.

»Sie hat mich heute früh so blöd angemacht. Einfach so. Grundlos«, sagte sie schließlich.

»Veronika?«

»Es war nicht grundlos.«

»Sondern?«, fragte ich.

»Sie ist ein falsches Stück Scheiße. Hat heute Morgen hier komische Geschichten erzählt und herumgeprallt.«

»Was für Geschichten?«

Veronika schwieg nun. Sie nahm einen Schluck Kaffee aus ihrer Tasse und sah Eva wieder böse an.

»Eva, magst du es mir erklären?«

»Ich habe keine komischen Geschichten erzählt«, antwortete sie.

»Boh Mädels.« Langsam war ich genervt. »Ich habe keine Lust, euch alles aus der Nase zu ziehen.«

»Sie hat behauptet, dass ihr euch gestern Abend geküsst habt und nun zusammen seid«, sagte Veronika.

»Ich glaube, so betrunken war ich nicht, um mich an so etwas nicht erinnern zu können«, antwortete ich.

»Ja, sie hat gesagt, du stehst voll auf sie und sie konnte dich kaum von sich abhalten und so was.«

»Das stimmt doch gar nicht«, sagte Eva.

»Na erfunden habe ich das ja nicht.«

»Hey, Mädels. Was ist denn das überhaupt hier für eine Diskussion? Könnt ihr euch denn nicht wieder vertragen? Für den Neuanfang, hier in der WG, ist das nicht wirklich gut, was ihr da fabriziert.«

Wieder diese giftigen Blicke zwischen Eva und Veronika.

»Zum einen habe ich gestern niemanden geküsst, um das vorab schon mal zu klären. Und zum anderen, wenn es so gewesen wäre? Was ist denn so schlimm dabei?« Ich sah zu Veronika. Sie lief im Gesicht rot an und sah nach unten auf die Tischplatte.

»Nichts«, flüsterte sie.

»Gut. Wir sind alle erwachsen, also bitte.«

»Okay. Tut mir leid«, sagte Veronika.

»Tut mir auch leid«, antwortete Eva.

Als ich die beiden schmollenden Gesichter ansah, musste ich schmunzeln. Frauen konnten so schön kompliziert sein.

»Bier zum Frühstück?«, fragte ich in die Runde. Gleichzeitig hatte ich langsam Angst, in der WG zur Alkoholikerin zu werden.

Die Mädels nickten. Ich holte drei Flaschen aus dem Kühlschrank, machte die Verschlüsse auf und hielt meine Flasche nach oben, um anzustoßen. Zum Glück ließen sich die beiden Streithühner nicht zwei Mal bitten und hielten ihre Flaschen ebenfalls nach oben. Als sie tatsächlich gemeinsam anstießen, war ich zufrieden und hatte Hoffnung, dass es wieder werden würde.

»So gefällt es mir besser. Und was habt ihr heute noch so vor, Mädels?«

»Ich werde ein bisschen shoppen gehen. Vielleicht finde ich ein Regal, das mir gefällt«, sagte Veronika.

»Ich habe noch nichts geplant, aber vielleicht ein bisschen frische Luft schnappen. Spazieren gehen wird mir bestimmt guttun. Und du?«, wollte Eva wissen.

»Da habe ich mir noch keine Gedanken gemacht«, antwortete ich.

»Du kannst mich ja begleiten, wenn du magst?«

»Ja, warum nicht.«

Aus Veronikas Richtung breitete sich erneut eine Eiseskälte aus.

»Wir könnten auch zu dritt spazieren gehen? Wie wär´s?«, schlug ich vor.

»Okay. Dann bin ich auch dabei. Shoppen kann ich auch später.«

Nun sah Evas Blick wieder finster aus. Ich befürchtete, der Krieg zwischen den beiden war doch noch nicht ausgestanden.

»Prima. Dann anziehen und los geht´s.«

Ein wenig an die frische Luft zu gehen, hielt ich für keine schlechte Idee. Es kam so gut wie nie vor, dass ich bereits zum Frühstück ein Bier trank, und jetzt fühlte ich mich erneut müde. Ich besetzte als Erste das Bad. Nach mir war Eva dran und dann Veronika. Ich wartete eine Stunde, bis beide Mädels endlich fertig waren und wir das Haus verlassen konnten.

Nachdem wir einmal um den Park gelaufen

waren, setzten wir uns ein wenig auf eine freie Bank. Ich setzte mich in die Mitte, um den beiden Frauen die direkte Nähe zueinander zu ersparen.

»Das hat gutgetan, oder?«, fragte ich.

»Ja, definitiv. Das Wetter ist ja auch perfekt heute«, antwortete Veronika.

Obwohl wir September hatten, war es trotz der kühlen Temperatur angenehm. Die Sonne ließ sich zwischendurch ein wenig sehen, was richtig guttat. Wir hielten unsere Gesichter nach oben, um ganz viel davon abzubekommen.

»Ich freue mich schon auf den nächsten Sommer. Ich mag das, wenn es so richtig schön warm wird«, sagte Eva.

»Ich auch. Leider dauert es noch etwas«, antwortete ich.

Wir machten unsere Augen zu und ließen die Wärme im Gesicht wirken.

»Und was machen wir jetzt?«, fragte Eva.

»Hmm, ich glaube, ich werde was essen gehen. Habe schon tierischen Hunger. Das Bier zum Frühstück war nicht so eine gute Idee«, sagte ich, nachdem ich das große Loch in meinem Magen spürte.

»Ich bin dabei«, sagte Eva.

»Gut. Ich werde dann shoppen fahren. Hatte ich sowieso vor.« Veronika stand von der Bank auf und es war nicht zu übersehen, dass sie plötzlich schlechte Laune hatte. »Bis später«, sagte sie und ging davon.

»Bis später«, rief ich hinterher.

Eva sagte nichts.

»Findest du nicht, dass sie irgendein Problem hat, oder habe ich nur einen falschen Eindruck?«, wollte ich wissen.

»Klar hat sie ein Problem.«

»Was für eins?« Ich sah Eva fragend an.

»Ist nur eine Vermutung, aber ich glaube, sie ist eifersüchtig.«

»Auf was denn?«

»Auf mich. Auf dich. Wie auch immer.«

»Ist das jetzt wirklich dein Ernst?«

»Ja. Ist es.«

»Sorry, aber verstehe ich nicht. Was gibt es da, um eifersüchtig zu sein?«, fragte ich.

»Keine Ahnung. Sie ist ja angeblich hetero, aber ich glaube ihr das nicht wirklich.«

»Hmm.« Ich ließ es mir durch den Kopf gehen, was Eva gesagt hatte. Warum sollte Veronika es verheimlichen, wenn sie lesbisch oder bi war? Es gab doch keinen Grund dafür.

»Sollen wir los? Was essen gehen?«, schlug ich nun vor. Ich wollte nicht länger darüber nachgrübeln.

»Ja. Lass uns los. Wohin denn eigentlich?«

»Italiener?«, fragte ich.

»Klingt gut. Ich brauche eine Pizza.«

Das war ganz nach meinem Geschmack. Wir standen synchron auf und verließen zügig den Park.

Während wir beim Italiener saßen, unterhielten wir uns ausgiebig über unsere Vergangenheit und vor allem die Ex-Partner. Ich empfand das Gespräch mit Eva als sehr angenehm. Trotz der Erfahrung, die ich mit ihr gestern Nacht gemacht hatte.

»Jedenfalls funktionierte es irgendwann nicht mehr. Sie war auf alles eifersüchtig und vertraute mir nicht. Deshalb machte ich Schluss«, beendete ich.

»Ja, das ist nicht einfach. Man muss sich schließlich vertrauen können.«

»Stimmt.«

Die Pizza war fantastisch. Dazu genehmigten wir uns ein Bier und waren tatsächlich mehr als satt. Ich musste für mich feststellen, dass ich Evas Nähe genoss und mich mit ihr sehr gut unterhalten konnte.

»Ich muss dich etwas fragen«, sagte sie plötzlich.

»Klar.«

»Wie findest du Veronika?«

»Ich mag sie und kann sehr gut mit ihr. Wir waren vorgestern in der Diskothek und hatten eine Menge Spaß zusammen. Warum fragst du?«

»Ich möchte eigentlich nur wissen, ob du sie attraktiv findest und dir mit ihr was vorstellen kannst.«

»Ich glaube, das steht nicht zur Debatte. Sie ist ja hetero.«

»Und wenn sie lesbisch wäre?«

»Du stellst Fragen.« Ich schüttelte den Kopf. »Ich finde sie sehr gutaussehend und nett. Warum nicht?«

»Aha.«

»Was heißt das jetzt?«

»Ehrlich gesagt glaube ich ihr das nicht, dass sie hetero ist.«

»Wie kommst du darauf?«

»Ist nur so ein Gefühl.«

Ich ließ das Gesagte ein wenig durch meinen Kopf gehen, ob es Anhaltspunkte dafür gab, dass Veronika lesbisch sein könnte. Sie hatte immer wieder beteuert, dass sie nur auf Männer stand. Doch dann war ja dieser Ausrutscher mit dem Kuss. Ich wusste es nicht und wollte mir auch kein bisschen den Kopf darüber zerbrechen.

Zu der Stunde war das Lokal noch nicht sehr voll. Dieser Umstand machte es möglich, dass man direkt merkte, ob jemand reinkam oder ging. So war es mir auch nicht entgangen, als meine Ex Susi in weiblicher Begleitung auftauchte. Ich versuchte, mich noch ein wenig so zu drehen, dass sie mich nicht sehen konnte, aber es war leider nicht möglich.

»Hey, Julia«, sagte sie, nachdem sie direkt an unseren Tisch kam.

»Hey.«

»Dürfen wir uns zu euch setzen?«

»Nein, wir sind fertig und gehen jetzt sowieso«, antwortete ich barsch.

»Ich lade euch auf ein Getränk ein«, schlug sie vor.

Eva sah mich fragend an. Ich wollte es ihr nicht in Susis Beisein erklären.

»Lass uns zahlen und gehen«, schlug ich vor.

»Schade«, sagte meine Ex. »Vielleicht ein anderes Mal?«

»Bestimmt nicht«, schnauzte ich zurück.

Wir bezahlten unsere Rechnung und gingen. Ich war von der ganzen Situation genervt.

»So kenne ich dich gar nicht. Was ist denn los mit dir?«, fragte mich Eva.

Ich hatte ganz vergessen, dass sie neben mir stand.

»Das war meine Ex Susi. Hatte dir von ihr erzählt, oder?«

»Ach, die! Das mit dem Foto?«

»Ja.«

»Okay, dann verstehe ich deine Reaktion«, sagte Eva.

»Lass uns heimgehen.«

Wir liefen gemütlich zurück nach Hause. Ich sprach nicht viel. Meine Gedanken drehten sich wie ein Karussell. Zum einen dachte ich immer noch über Veronikas Verhalten nach und zum anderen war ich sehr über Susis Verhalten aufgebracht.

Als wir zurück in der WG ankamen, stellten wir fest, dass Veronika auch schon da war. Ein fantastischer Geruch lockte uns in die Küche.

»Hey«, sagte ich.

»Und wie war euer Essen?«, fragte sie.

»Die Pizza war wirklich sehr gut. Und du? Was beim Einkaufen gefunden?«

»Nein, leider nicht. Dafür habe ich aber für einen Zucchinikuchen eingekauft.«

»Zucchinikuchen? Habe ich noch nie gegessen«, stellte ich fest.

»Kannst du ja dann nachher probieren, wenn du magst.«

»Gerne. Bin schon gespannt.«

»Du natürlich auch«, sagte sie zu Eva.

»Danke, aber ich mag keine Zucchini.«

»Das schmeckt man überhaupt nicht raus.«

»Ich kann es ja mal probieren.« Nach diesen Worten verschwand Eva auf ihrem Zimmer.

»Bis später«, sagte ich und ging ebenfalls in meines.

Ich muss wohl eingeschlafen sein. Ein Klopfen weckte mich auf.

»Ja?«

Veronika stand in der Tür. »Habe ich dich geweckt?«

»Nicht so schlimm.«

»Magst du vielleicht gleich Kaffee und Kuchen?«

»Gerne. Ich komme gleich.« Der Duft von frisch gebackenem Kuchen erreichte mein Zimmer.

Veronika schloss die Tür hinter sich, nachdem sie wieder hinausgegangen war.

Ich streckte mich in die Länge, während ich ausgiebig gähnte. Mit den Fingern fing ich an, mir die Augen zu reiben, bis ich mich wacher fühlte. Schließlich richtete ich mich auf und ging in die Küche.

Ein mit Vollmilchschokolade überzogener Kuchen stand in der Mitte des Tisches. Er sah sehr appetitlich aus. Veronika war dabei, den Kaffee in die Tassen einzugießen.

»Ich bin schon sehr gespannt, wie er schmeckt.«

»Das wird bestimmt dein Lieblingskuchen«, sagte sie.

»Ich nehme dich beim Wort.«

Während sie mit einem großen Messer den Kuchen anschnitt, beobachtete ich ihre Hände.

Schwungvoll lud sie das Stück Zucchinikuchen auf einen Teller und stellte es vor mir ab.

»Danke.«

Nachdem sie sich auch einen Teller hingestellt hatte, nahm sie ebenfalls Platz am Tisch.

»Lass es dir schmecken«, sagte sie.

Die Gabel sank in dem weichen, schokoladigen Teig ein und als ich das erste Stück in meinem Mund hatte, bekam ich einen Geschmacksorgasmus. Es war unglaublich.

»Boh, Wahnsinn«, sagte ich mit vollem Mund.

»Ich habe es dir gesagt.« Veronika schmunzelte und sah mir beim Essen zu.

Während ich den Kuchen in meinem Mund schmelzen ließ, schloss ich die Augen.

»Und das gibt´s jetzt jedes Wochenende?«, fragte ich.

»Das wäre ein bisschen zu oft. Aber hin und wieder mache ich den sicherlich.«

»Fantastisch!«

»Ich freue mich, dass er dir schmeckt.«

»Ja, absolut. Ab sofort mein Lieblingskuchen.«

Veronika schmunzelte mich an. Schließlich begann sie auch, ihr Stück zu essen. Während sie erst bei der Hälfte angelangt war, hatte ich meinen Kuchen schon verputzt. Und das war wirklich kein kleines Stück. Die im Rum eingelegten Sauerkirschen ließen den Kuchen saftig schmecken. Eine wundervolle Kombination. Ich hoffte, den gab es ab sofort öfter.

»Noch ein Stück?«, fragte sie mich.

»Klar!« Schon lud sie mir ein weiteres Stück auf den Teller.

Eva sah in dem Moment in der Küche vorbei. Sie schien immer noch nicht so gut gelaunt zu sein. »Ich hole mir nur einen Kaffee«, sagte sie.

»Du kannst aber auch ein Stück Kuchen haben«, antwortete Veronika.

»Nein, danke.«

»Wie du meinst.«

Eva holte sich mit einem grimmigen Gesicht eine Tasse Kaffee und ging wieder zurück auf ihr Zimmer.

»Und was steht heute noch so bei dir an?«, fragte mich Veronika.

»Ich habe noch keine Pläne.« Tatsächlich hatte ich mir noch keine Gedanken gemacht, was ich heute unternehmen könnte.

»Ich hätte Lust, auszugehen.«

»Warte mal. Ich schau nach, ob was in der Stadt los ist.« Ich holte mein Handy aus der Gesäßtasche und überprüfte die heutigen Ausgehmöglichkeiten. »Ach, guck. Ist auch mal nett. Achtziger spielen sie heute. Magst du das?«

»Klar. Dazu kann man super tanzen.«

»Vielleicht vorher noch etwas essen gehen?«

Ich sah auf die Uhr. Es war kurz nach sechs.
»Burger?«

»Das klingt gut. Okay, ich gehe mich fertigmachen, dann können wir gleich los«, sagte sie.

»Ich dusche mich auch noch schnell. Freue mich.«

»Ich freue mich auch.« Veronika zwinkerte mir zu.

Ein bisschen schlecht war mir von dem vielen Kuchen schon. Ich hoffte es verginge, bis wir in dem Burgerladen angekommen waren.

8

Als wir beide endlich ausgehfertig waren, verriet die Uhr, dass es bereits neunzehn war. Eine gute Zeit, stellte ich fest. Veronika hatte sich sehr schick gemacht. Die Bluse, die sie trug, betonte ihre schmale Hüfte. Obwohl ich nicht so auffällig hinstarren wollte, musste ich es doch mehrmals. Das tat ich aber nur, als sie es nicht bemerkte.

»Lass uns losflitzen«, sagte sie.

Wir verließen das Haus und steuerten den Burgerladen in der Nähe an. Ich verkehrte sehr oft dort. Veronika hatte sich bei mir eingehängt. Nach zehn Minuten waren wir schon da und ergatterten uns einen schönen Nischenplatz.

»Der Abend kann nur noch toll werden«, sagte ich.

»Garantiert.«

Wir bestellten beide einen Burger mit Pommes und ein Bier dazu.

»Sag mal, Veronika, jetzt muss ich doch mal nachfragen. Was hast du für ein Problem mit Eva?« Mich ließ das Thema immer noch nicht los und ich hoffte, es wäre jetzt eine gute Gelegenheit, um mehr zu erfahren.

»Ich habe nichts gegen sie. Anscheinend mag sie mich nicht. Hast du ja vorhin selbst gesehen. Sie wollte noch nicht einmal den Kuchen probieren.«

»Aber irgendwas muss doch zwischen euch vorgefallen sein?«

»Ich weiß es wirklich nicht, warum sie ein Problem mit mir hat. Ich versuche, immer nett zu ihr zu sein.«

»Trotzdem wäre es schön, wenn ihr euch vertragen würdet. Für die WG ist es nicht so gut, wenn sich zwei nur noch zoffen.«

»Ich weiß. Mir gefällt das ja auch nicht. Ich gebe mein Bestes, versprochen.«

»Okay.« Unser Essen war inzwischen da. »Lass es dir schmecken.«

»Danke. Du auch. Prost.« Veronika hielt ihren Bierkrug nach oben.

»Zum Wohl«, stieß ich mit ihr an.

Es schmeckte, wie immer, vorzüglich. Die Burger waren perfekt belegt und die Pommes knusprig, so wie sie sein sollten.

»Weißt du, vielleicht ist Eva einfach nur eifersüchtig?«, begann Veronika plötzlich.

»Warum das denn?«

»Na ja, wir waren schon mal zusammen aus und verstehen uns gut. Vielleicht ist sie auf mich eifersüchtig. So wie ich das mitbekommen habe, ist sie ja an dir interessiert.«

»Du hast recht. Würde zumindest ihr Verhalten erklären.«

»Ja, das würde es.«

Veronika könnte durchaus richtig liegen. Eine andere Erklärung für Evas Verhalten hatte ich auch nicht. Frauen konnten öfters so schön kompliziert sein. Nicht manchmal, sondern meistens. Ich versuchte, trotzdem neutral zu bleiben, solange mir nicht klar war, welche der beiden Frauen ein falsches Spiel spielte.

Zweieinhalb Stunden später waren wir bereits in der Disco angekommen. Die Musik klang schon von draußen vielversprechend.

»Ich bin voll in Stimmung«, sagte Veronika. Sie wippte ihre Hüfte hin und her.

»Ich auch. Lass uns feiern.«

Wir zahlten den Eintritt und bekamen dafür einen Stempel mit »Party 80« auf den Handrücken gedrückt. An der Theke herrschte ein Gedränge und es hatte etwas gedauert, bis wir unsere Getränke bestellen konnten.

»Zum Wohl!« Ich hielt meine Bierflasche nach oben.

»Zum Wohl!«

Erst, nachdem wir das Bier ausgetrunken hatten, gingen wir auf die Tanzfläche. Musik aus den Achtzigern hatte mir schon immer gut gefallen. Veronika hüpfte im Kreis und klatschte hin und wieder in ihre Hände. Ich ließ mich anstecken und machte mit. Auch die anderen, die am Tanzen waren, hüpften zwischendurch in die Höhe oder nahmen ihre Hände nach oben.

Nach einer Stunde waren wir dermaßen verschwitzt, dass wir eine Pause einlegen mussten. Wir holten ein neues Bier und stellten uns abseits der Menschenmenge hin.

»Hammer die Musik«, sagte Veronika.

»Ja, absolut. Macht richtig Spaß.«

Nachdem ich so durstig war, leerte ich meine Flasche in wenigen Minuten. Veronika ging es anscheinend genauso.

»Komm, ich hole die nächste«, schlug ich vor. Mit den zwei leeren Flaschen ging ich erneut an die Theke und kaufte uns zwei neue.

»Ich glaube, ich werde alt«, sagte Veronika. »Früher hatte ich es länger mit dem Tanzen durchgehalten.«

»Ich weiß, was du meinst.« Tatsächlich musste ich ihr zustimmen. Ich empfand es genauso.

Nachdem wir unser Bier getrunken hatten, gingen wir wieder zurück auf die Tanzfläche. So schnell wollten wir uns nicht geschlagen geben. Das Hüpfen, Klatschen und mit der Hüfte Kreisen ging erneut los. Das rasch getrunkene Bier machte mich ein wenig schummrig. Während ich wie ein tanzender Bär versuchte, meine Hüfte kreiseln zu lassen und mich um die eigene Achse zu drehen, merkte ich, dass Veronika sich noch näher an mich gestellt hatte. Immer wieder streifte sie mich mit ihrer Hand leicht an meinem Hintern. Mir wurde noch wärmer, als es sowieso schon war. Ich versuchte, einen kühlen Kopf zu bewahren. Vermutlich war es nur ein Zufall. Immerhin hatte sie mir deutlich gemacht, dass sie nicht auf Frauen stand. Ich ging einen kleinen Schritt nach vorne, um wieder etwas Distanz zu gewinnen. Nur ein kleiner Schritt, damit es nicht zu sehr auffiel. Schließlich drehte ich mich wieder zu ihr um. Veronika sah mich mit glänzenden Augen an und lächelte. Wie schön doch die Frau war. Ich musste unbedingt an etwas anderes denken. Sie rutschte erneut etwas näher an mich heran. Das konnte kein Zufall mehr sein. Mein Verlangen, sie zu küssen und zu berühren stieg sofort enorm an.

Veronika legte eine Hand auf meine Schulter und tanzte mich von der Seite an. Ihre Hüfte rieb an meiner. Ich war verzweifelt.

»Ich glaube, das ist keine so gute Idee«, sagte ich.

»Warum nicht?«

»Das weißt du.«

»Genieß es«, flüsterte sie mir ins Ohr.

»Na toll! Was soll es mir bringen, Appetit zu bekommen, aber nicht essen zu dürfen?«

Veronika fing an, zu lachen. Sie fand es so amüsant, dass sogar ihre Augen ein bisschen feucht dabei wurden.

»Ist doch wahr«, sagte ich.

In dem Augenblick nahm sie mein Gesicht in ihre Hände und drückte ihre Lippen auf meine. Sie hatte die Augen geschlossen, während sie mich zärtlich küsste. Ich war so überrascht, dass ich noch nicht einmal reagieren konnte.

Obwohl ich das nicht wollte, ließ ich es dennoch geschehen. Meine Angst, doch enttäuscht zu werden, vergaß ich für den Moment. Wir standen mitten auf der Tanzfläche, von anderen tanzenden Menschen umgeben, und küssten uns. Die Zeit war unbedeutend, auch die Blicke waren unwichtig. In dem Augenblick genoss ich Veronikas leidenschaftlichen Kuss.

Ich kann gar nicht sagen, wie lange wir so dastanden. Als ihre Lippen von meinen abließen, sah ich sie überrascht an.

»Komm. Lass uns woanders hingehen«, sagte Veronika.

Ich folgte ihr weg von der Tanzfläche, in eine der ruhigeren Nischen. Nachdem ich mich an die Wand gelehnt hatte und nicht wusste, was ich tun sollte, nahm sie meine Hände in ihre.

»Ich weiß, du bist überrascht«, fing sie an.

»Mehr als das«, antwortete ich.

»Ich weiß, dass ich dir eine Erklärung schuldig bin. Es ist zwar schwierig, aber ich werde es versuchen.«

»Bitte.« Ich sah sie erwartungsvoll an.

»Ich hatte dir nicht die ganze Wahrheit gesagt. Also, Tatsache ist, dass ich nicht hetero bin. Ich bin anscheinend bi.«

»Anscheinend? Weißt du das nicht so genau?«

»Ich hatte bisher nur was Kurzes mit einer Frau. Danach dachte ich, dass es nur ein reines Ausprobieren war, aber nicht wirklich mein Ding.«

»Verstehe. Ich bin aber nicht am Ausprobieren interessiert.«

»Das will ich gar nicht.«

»Na prima. Und warum hast du mich dann geküsst?«

»So meine ich das nicht. Weißt du, ich habe für dich Gefühle.«

Ich sah ihr in die Augen. »Gefühle?«

»Ja, Gefühle. Ich habe mich in dich verliebt.«

»Das kommt jetzt ziemlich überraschend.«

»Für mich nicht. Ich empfinde das schon seit ein paar Tagen. Ich wusste nur nicht, wie ich dir das sagen soll.«

»Okay, okay. Und du bist dir da sicher?«

»Absolut.«

»Und jetzt?« In dem Moment, als ich es aussprach, merkte ich, wie blöd das klingen musste.

»Na ja, ich weiß, dass du ja mir gegenüber nicht so abgeneigt bist. Zumindest habe ich das so verstanden. Daher würde ich mich einfach freuen, wenn du uns eine Chance gibst.«

»Ich glaube, ich muss das jetzt erst mal verarbeiten.« Ich war in dem Moment dämlicher, als überhaupt möglich sein konnte. Sofort wurde mir klar, dass ich handeln statt denken musste. »Nein, vergiss es.« Ich zog sie zu mir heran und küsste sie. Veronika ließ es zu. Mit geschlossenen Augen ließen wir unsere Zungen miteinander spielen. Ich war glücklich und erregt zugleich.

»Na, das ist ja wirklich eine schöne Überraschung«, sagte ich, nachdem wir voneinander abließen.

»Ich hoffe, es gibt zu Hause keinen Ärger«, sagte Veronika.

»Wieso Ärger?«

»Na, Eva. Ich glaube, sie hat sich bei dir Chancen erhofft.«

»Wir können ja auch einen Dreier machen«, scherzte ich.

»Auf keinen Fall!« Sie klatschte mir auf die Schulter.

»Das war doch nur Spaß. Ich stehe ja nicht auf so etwas. Und teilen? Das geht gar nicht.«

»Zum Glück.« Veronika schmunzelte und sah mich verführerisch an.

»Irgendwie habe ich plötzlich gar keine Lust mehr auf Feiern«, sagte ich.

»Ich auch nicht.«

»Ich würde viel lieber andere Dinge tun.«

»Hmm.«

»Lass uns gehen.«

»Ich bin dabei«, sagte sie.

Ich hätte sie am liebsten sofort ausgezogen, wenn wir nicht in der Disco gewesen wären.

Während wir nach Hause liefen, nahm Veronika meine Hand in die ihre. Ich konnte es immer noch nicht fassen, was da passierte. Träumte ich oder war es wahr?

»Was hältst du davon, wenn wir uns noch kurz auf eine Bank setzen?«, fragte sie mich.

»Ja, warum nicht?« Ich wollte nicht aufdringlich sein. Eigentlich wäre es mir lieber, noch viel Zeit zu Hause mit ihr zu verbringen. Oder sollte ich im Bett sagen?

Wir setzten uns auf eine Bank. Nur ein paar Laternen spendeten ein wenig Licht. Obwohl es schon recht spät in der Nacht war, konnte man noch draußen sitzen, ohne zu frieren.

»Die Luft tut gut«, sagte Veronika. Sie lehnte sich nach hinten.

»Ja, das stimmt.« Ich legte meine Hand auf ihren Oberschenkel und streichelte sie sanft. Ich merkte, dass mich das Bier doch ein wenig müde machte.

»Julia?«

»Ja?«

»Ich hoffe, das klappt mit uns. Weißt du, ich bin an etwas Festem interessiert. Ich hoffe, du auch?«

»Absolut. Ich bin an einer Beziehung interessiert. Und warum sollte es nicht klappen?«

»Ich habe ja nicht so viel Erfahrung mit Frauen. Deshalb bin ich mir nicht sicher, ob ich dir das geben kann, was du erwartest.«

»Mache dir darüber keine Gedanken.« Ich hoffte natürlich, dass sie schnell lernen würde, sprach es jedoch nicht aus.

»Okay.«

Ich drehte mich zu ihr um und küsste sie, nachdem sie sich auch zu mir gewandt hatte. Meine Lippen umschlossen ihre Unterlippe. Sie tat es mir nach. Ich mochte es, sie zu schmecken und küssen konnte sie definitiv gut. Unsere Zungenspitzen begannen, miteinander zu spielen. Es machte mich wahnsinnig an. Ich ließ meine Hand unter ihrem Oberteil verschwinden und streichelte ihren Bauch. Während wir uns weiter küssten, wanderte meine Hand nach oben. Durch den Stoff des BH´s massierte ich ihre Brustwarze. Sie wurde sehr schnell steif. Veronika stöhnte leise auf.

»Sollen wir nach Hause gehen?«, flüsterte sie, nachdem sie von meinen Lippen abließ.

»Lass uns gehen.«

Diesmal liefen wir etwas schneller, um bald nach Hause zu kommen. Wir waren beide spitz und hatten es sehr eilig.

In der Diele zogen wir schnell unsere Schuhe aus. Danach zog ich Veronika mit auf mein Zimmer. Wir küssten uns erneut, diesmal etwas wilder und schneller. Ich knüpfte ihre Bluse auf und öffnete ihre Hose. Nachdem ich ihr Oberteil hinunter gestreift hatte, machte ich den BH auf. Ich wurde von aufgestellten Nippeln empfangen. Meine Lippen umschlossen einen davon und fingen an, daran zu saugen, währenddessen Veronika meine Jeans öffnete. Ich schlüpfte aus der Hose, während sie sich auf das Bett setzte. Nachdem sie sich sanft nach hinten gelegt hatte, streifte ich ihre Unterhose runter. Rasch entledigte ich mich auch meiner restlichen Kleidungsstücke und legte mich zu ihr. Meine Finger spielten mit ihren harten Brustwarzen, während wir uns küssten und ich mich an sie mit meinem Körper drückte. Ich verwöhnte sie, indem ich ihren Hals küsste und schließlich mit der Zunge ihre Nippel stimulierte. Auch die zweite Seite sollte nicht zu kurz kommen, also wechselte ich nach einiger Zeit. Nun standen sie beide. Schließlich küsste ich sie zärtlich auf den Bauch und umfuhr ihren Bauchnabel mit der Zungenspitze. Sie hatte Gänsehaut. Veronika schloss die

Augen und genoss es. Als meine warme Zungenspitze schließlich ihre Klitoris berührte, stöhnte sie auf.

»Ohh, Gott«, sagte sie.

Ich ließ meine Zunge weiter mit ihrem Kitzler spielen und saugte zwischendurch sanft an dieser erogenen Stelle. Veronikas Stöhnen wurde lauter. Während ich sie weiter leckte, schob ich einen Finger in ihre Vagina und stimulierte den G-Punkt. Meine Zunge und meine Hand bewegten sich etwas schneller und fester. Ich ließ von ihr nicht ab, bis sie mit einem lauten Aufschrei kam. Ihre Oberschenkel zitterten immer noch, als ich mich auf sie legte. Ich drückte eines ihrer Oberschenkel nach oben, um ihr näher zu sein. Meine Hüfte begann mit langsamen, kreisenden Bewegungen sich in ihre Mitte zu drängeln. Meine Scham rieb an ihrer. Ich fühlte, wie meine Schamlippen anschwollen und heiß wurden. Ihre ebenfalls. Das Reiben aneinander erzeugte schmatzende Geräusche. Wir waren beide sehr feucht. Veronika breitete ihre Oberschenkel noch mehr auseinander und stemmte ihre Hüfte leicht nach oben. Jetzt fühlte ich sie umso mehr. Die kreisenden Bewegungen wurden immer stürmischer und fester. Ihr Unterleib drückte sich mir entgegen, während sie sich meinen Bewegungen anpasste. Unsere Atmung wurde schneller und wir stöhnten beide laut auf, während wir gleichzeitig zum Höhepunkt kamen. Schließlich ließ ich mich auf sie fallen und wartete, bis mein Puls langsamer wurde.

Nachdem ich mich zur Seite gleiten ließ, legte sie sich in meine Armbeuge und streichelte meine Schulter.

»Das war wunderschön«, sagte sie.

»Das fand ich auch.« Ich gab ihr einen Kuss auf die Stirn und breitete die Decke über uns aus. Mit einem entspannten Gefühl schliefen wir sehr schnell ein.

9

Veronika schlief noch, als ich wach wurde. Ich betrachtete ihren nackten Rücken, die Schulter- und Halspartie. Ein paar Muttermale zierten ihre Haut. Ich fing an, das Muster, welches sie bildeten, mit dem Finger nachzufahren. Veronikas Schulter zuckte ganz leicht, als sie wach wurde.

»Guten Morgen«, sagte ich.

Sie drehte sich zu mir um und sah mich aus den noch verschlafenen Augen an. Ihre rechte Brust guckte unter der Decke hervor.

»Guten Morgen«, sagte sie.

»Hast du gut geschlafen?«

»Wie ein Murmeltier.«

Ich rutschte ein wenig näher zu ihr und gab ihr einen Kuss. Eine Haarlocke hing ihr im Gesicht. Woraufhin ich sie zärtlich zur Seite schob.

»Du siehst süß aus, wenn du so verschlafen bist.«

»Bestimmt ganz schön zerknautscht«, antwortete sie.

Ich umfasste ihre Taille und forderte einen Kuss. Veronika schloss die Augen und ließ sich von mir verführen. Ich schmeckte den Schlaf und auch das Bier von gestern Nacht. Selbst jetzt noch mochte ich ihren Geschmack.

Ich erstarrte kurz, als es an der Tür klopfte. Aus dem Reflex heraus schob ich Veronika von mir weg, woraufhin sie aus dem Bett purzelte und dahinter auf dem Boden liegen blieb. Die Decke konnte ich noch rechtzeitig an mich reißen und bedeckte damit hastig meine Brüste. Ohne Aufforderung ging die Tür auf.

»Guten Morgen. Störe ich?« Eva stand in der Tür. »Ähm sorry, ich wusste nicht, dass du nackt schläfst.«

»Ja, ähm, manchmal ist es mir zu warm.« Ich versuchte, freundlich zu lächeln, obwohl ich mich gestört fühlte.

»Ich habe Frühstück vorbereitet. Der Kaffee läuft noch durch. Jedenfalls würde ich mich freuen, wenn du auch in die Küche kommst.«

»Ja, gut. Ich brauche noch ein bisschen.«

»Keine Eile. Ich warte so lange.«

»Okay.«

»Hast du vielleicht eine Ahnung, wo Veronika ist? Ich habe bei ihr auch geklopft, aber sie ist nicht da. Wollte sie als Wiedergutmachung auch einladen, aber sie scheint wohl auswärts zu übernachten.«

»Ich weiß es nicht.«

»Na gut. Dann bis gleich.«

»Bis gleich.« Ich versuchte, zu lächeln.

Nachdem Eva die Tür geschlossen hatte, tauchte Veronikas Kopf hinter dem Bett auf.

»Und jetzt?«, fragte sie.

»Pass auf, ich gehe ins Bad und lasse meine Zimmertür einen Spalt offen. Wenn die Dusche läuft, dann hört man es nicht, wenn du aus der Wohnung kurz rausgehst. Du kommst dann später in die Küche und sagst, dass du eben erst nach Hause gekommen bist.«

»Warum lügen wir eigentlich?«

»Ich möchte es Eva in einem geeigneten Moment beibringen, sonst flippt sie ja wieder aus.«

»Du hast recht. Na gut, dann machen wir das so.«

Gesagt, getan. Ich verdrückte mich ins Bad und ließ die Tür etwas offen. Während ich duschte, hoffte ich, dass der Plan aufgehen würde. Obwohl es vermutlich nicht notwendig war, ließ ich mir unter der Dusche etwas mehr Zeit als üblich. Nachdem ich Zähne geputzt und mich angezogen hatte, ging ich in die Küche. Auf dem Tisch standen sehr viele Leckereien und im Brotkorb lagen frische Brötchen. Mir lief das Wasser im Mund zusammen.

»Setz dich«, sagte Eva.

Ich nahm Platz und beäugte den vollgestellten Tisch. In dem Moment ging die Wohnungstür auf und wieder zu.

»Hallo«, rief Veronika aus der Diele.

»Hey, es gibt Frühstück, wenn du magst«, antwortete Eva.

Ich war über ihren freundlichen Ton mehr als erstaunt. Veronika kam in die Küche, ein leichtes Lächeln zeigte sich auf ihren Lippen, als sie mich ansah.

»Wow. Da sage ich nicht nein«, sagte sie.

Eva stellte die Kaffeekanne auf den Tisch und setzte sich schließlich auch zu uns.

»Lasst es euch schmecken.«

»Danke«, sagten wir im Chor. Ich griff sofort nach einem Brötchen und lud mir den Teller voll mit Käse und Eiersalat.

»Eine tolle Idee«, sagte ich mit vollem Mund.

»Warst du die ganze Nacht feiern?«, wurde Veronika gefragt.

»Ja. Ich hatte völlig die Zeit vergessen. Die Musik war so toll, war echt mega heute in der Disco.«

»Und du warst gar nicht unterwegs? Sieht so gar nicht nach dir aus«, sagte Eva zu mir.

»Doch schon, aber ich war ziemlich zeitig wieder zu Hause.« Ich schielte zu Veronika rüber. Sie sah nach unten auf ihren Teller.

»Und wo warst du unterwegs?«

»Ich?«, fragte ich.

»Ja, du.« Eva lachte.

»Ich war zuerst beim Italiener was essen und dann auch ein wenig tanzen. Die Müdigkeit überkam mich dann plötzlich und deshalb ging ich dann recht bald wieder nach Hause. Außerdem war es ziemlich voll. Da hatte ich nicht so viel Lust dazu. Vielleicht werde ich alt.«

»Habt ihr euch in der Disco nicht getroffen?«, fragte sie weiter.

»Nein«, antworteten wir einstimmig.

Die Situation war mir plötzlich etwas unangenehm. Veronika schwieg und mied Evas Blicke. Ich versuchte, ihr auch nicht direkt in die Augen zu gucken. Ich spürte, wie Eva uns von der Seite musterte.

»Mag noch jemand einen Kaffee?«, fragte ich schließlich.

»Ich«, sagte Veronika.

Ich schenkte uns beiden einen nach.

»Das nächste Mal gehe ich mit«, sagte Eva.

»Klar. Warum nicht?«, antwortete ich.

Nachdem ich drei Brötchen vertilgt hatte, bedankte ich mich bei Eva für die tolle Idee und verschwand schnellstmöglich aus der Küche. Veronika tat es mir gleich. Ich saß nun auf meinem Zimmer ganz alleine, obwohl ich sie viel lieber bei mir gehabt hätte. Es war zum Mäusemelken, in was für einer Situation wir uns befanden. Ich schickte Veronika eine Nachricht: *Hey, Lust spazieren zu gehen?*

Nur zwei Sekunden später erhielt ich bereits die Antwort: *Gerne.*

Ich tippte erneut eine neue Nachricht ein: *Ich*

gehe vor. Wir treffen uns auf der Bank von ge-stern.

Okay, kam als Antwort.

Ich zog mir ein Sweatshirt an und ging in die Diele. Hastig streifte ich mir meine Schuhe über, um schnell aus der Wohnung zu verschwinden.

»Wo geht´s hin?«, fragte mich Eva, die in der Küchentür stand.

»Ein bisschen an die frische Luft.«

»Warte. Ich komme mit.«

Das hatte mir gefehlt. Ich überlegte, wie ich Veronika vorwarnen konnte. Dann kam mir eine Idee.

»Ich frage noch Veronika. Vielleicht will sie auch mit«, sagte ich kurz entschlossen.

Evas enttäuschter Blick blieb mir nicht verborgen. Ich klopfte an die Zimmertür und hörte Veronikas Stimme.

»Ja?«

»Wir gehen etwas spazieren. Magst du mit?« Ich verdrehte dabei die Augen. Veronikas Gesichtsausdruck zeigte mir, dass sie verstanden hatte.

»Ja, ich komme mit«, antwortete sie.

Zu dritt schlenderten wir langsam durch den Park, obwohl ich und Veronika lieber unter uns gewesen wären. Ich bildete die Mitte unseres

Trios. Links neben mir lief Veronika und rechts Eva. Jedes Mal, wenn wir uns sicher fühlten, berührten sich unsere Hände ganz kurz. Ein sehr schönes, prickelndes Gefühl durchströmte jedes Mal meinen Körper. Mich durstete nach mehr. Zwischendurch blieben wir auch einen Moment stehen und betrachteten die Enten im Teich oder die Schwäne, die sich in der Wiese sonnten. Nachdem wir den Park einmal umrundet hatten, nahmen wir auf einer freien Bank Platz. Obwohl es noch ziemlich früh war, brannte die Sonne im Gesicht schon sehr kräftig.

»Tut gut«, sagte ich. Ich hielt mein Gesicht gen Wärme.

»Ja, es war eine gute Idee. Wer weiß, wie lange wir noch so ein Wetter genießen können. Ungewöhnlich für September«, antwortete Eva.

Obwohl die Bank recht groß war, fühlte ich mich wie ein Hotdog-Würstchen zwischen den beiden Frauen.

»Eva, ich muss dir was sagen«, finge ich an. Ich merkte, wie Veronika neben mir zusammenzuckte und dann sehr steif dasaß. Ich fasste meinen ganzen Mut zusammen.

»Was denn?«

»Aber bitte ticke nicht aus und bleib brav.«

»Etwas Schlimmes?« Sie sah mich überrascht an.

»Nein, nichts Schlimmes.«

»Aber?«

»Also.«

»Ja?« Sie machte große Augen, während sie mich ansah.

»Ich und Veronika, wir ...«

»Sagt, dass das nicht wahr ist!« Eva lief im Gesicht rot an.

»Wir haben uns ineinander verliebt.«

»Ich habe es geahnt!«

»Beruhige dich. Wir können ja trotzdem friedlich zusammen wohnen bleiben. Es ändert sich ja nichts.«

»Ich fasse es nicht!« Eva stand von der Bank auf und positionierte sich vor uns. »Du hast es die ganze Zeit geplant, du Bitch!«, fluchte sie in Veronikas Richtung. Danach drehte sie sich um und eilte davon.

»Puh, das war heftig«, sagte Veronika.

»Ja, aber so haben wir es hinter uns gebracht und müssen es nicht verheimlichen. Es ist nämlich ganz schön anstrengend, wenn man nicht so kann, wie man will.« Ich sah ihr in die Augen und schmunzelte.

»Und was willst du, was du nicht so konntest?« Veronika sah mich verschmitzt an.

»Dich küssen, zum Beispiel.« Ich rutschte näher zu ihr, schloss die Augen und drückte meine Lippen auf ihre. Ich schmeckte den Lippenbalsam mit Erdbeergeschmack, den sie aufgetragen hatte. »Hmmm, schmeckt gut.«

»Du auch«, entgegnete sie.

»Ich bin gespannt, ob Eva sich wieder einkriegt. Wenn es blöd kommt, dann brauchen wir eine neue Mitbewohnerin.«

»Mal sehen. Momentan möchte ich mir aber darüber keinen Kopf machen.«

»Worüber möchtest du dir den Kopf machen, hmm?«, fragte ich.

»Soll ich es dir wirklich verraten?«

»Unbedingt.« Ich sah sie erwartungsvoll an.

»Zum Beispiel was wir den Rest des Tages sonst noch machen könnten.« Veronika grinste mich frech an.

»Was denn?« Ich hatte natürlich sofort Kopfkino in diesem Moment.

»Ich werde es dir nicht sagen, aber zeigen. Lass uns nach Hause gehen.«

»Los geht´s.« Ich stand sofort von der Bank auf und hielt Veronika meine Hand entgegen, die sie sogleich ergriff und mir folgte.

Wir hatten es ziemlich eilig, um nach Hause zu kommen. Mit freudiger Erwartung liefen wir zügig Hand in Hand durch den Park, bis wir schließlich vor unserem Haus standen.

Jana stand vor unserer Haustür und drückte mit dem Daumen den Klingelknopf.

»Was machst du denn hier?«, fragte Veronika.

»Hey, ich war in der Nähe und dachte, ich besuche dich spontan.« Jana lachte ihre Freundin an. Die beiden begrüßten sich mit einer herzlichen Umarmung und ich stand da und hoffte, dass Veronika ihre Freundin schnell loswerden würde.

»Hallo«, sagte ich zu ihr. Ich sah sie zum zweiten Mal und fand sie immer noch sehr attraktiv und interessant.

»Hallo. Julia, nicht wahr?«

»Genau, gut gemerkt.« Immerhin hatte ich sie nur einen Abend gesehen. Gutes Namensgedächtnis, was ich von mir nicht behaupten konnte.

»Sei mir nicht böse, aber es passt gerade nicht so gut«, sagte Veronika zu ihrer Freundin.

»Ach.« Sie sah mich grinsend an. Ihr Blick wanderte zu Veronika. »Kein Problem. Vielleicht ein anderes Mal.«

»Na klar, ganz bestimmt.«
Ich schloss die Haustür auf und war froh, dass Jana sich so schnell abschütteln ließ.

»Und viel Spaß noch!«, rief sie uns zu, als Veronika ebenfalls ins Haus gegangen war.

»Klar haben wir jetzt Spaß!«, sagte ich und grinste Veronika an.

10

Als wir in der Wohnung angekommen waren, verschwanden wir direkt in Veronikas Zimmer. Die Konfrontation mit Eva wollten wir uns für später aufheben. In dem Raum war es mittlerweile sehr schön und gemütlich eingerichtet, wie ich feststellen musste. Ich fühlte mich direkt wohl. Sie machte es uns gemütlich, indem sie die Jalousien hinunterkurbelte und eine kleine Lampe anknipste. Die Glühbirne spendete ein warmes, orangenes Licht und machte den Raum nicht sonderlich hell. Veronika setzte sich auf das Bett und sah mich lustgeladen an.

»Komm her«, sagte sie leise.

Ich ging auf sie zu und setzte mich neben sie. Meine Hand umfasste ihren Oberschenkel, während ich meine Lippen auf ihre drückte. Ich spielte mit ihrer Unterlippe und knabberte sanft daran, als Veronika an meiner Oberlippe leicht saugte. Wir ließen uns Zeit dabei und genossen das Spiel, das unsere Lippen miteinander spielten. Erst, nachdem einige Minuten verstrichen waren, verschwand meine Hand unter ihrem Oberteil. Ich streichelte sie an der Seite. Die Haut fühlte sich wie Seide an. Sanft wanderten meine Finger entlang der Gänsehaut, die sich gebildet hatte. Schließlich erreichte ich den Stoff ihres BH´s. Ich fühlte ihre aufgestellte Brustwarze durch den Stoff hindurch und es machte mich unglaublich an. Während wir uns weiter mit geschlossenen Augen küssten, erforschten auch ihre Hände meine Haut unter dem T-Shirt, das ich noch anhatte.

Ich empfand so viel Lust in mir, dass ich es nicht weiter hinauszögern konnte. Ich wollte ihre Haut auf meiner spüren, ihre Feuchtigkeit fühlen und ihren Geruch ganz in mir aufsaugen. Das Oberteil, welches sie noch eben trug, landete zügig auf dem Boden. Der BH folgte. Ich wurde ebenso sehr schnell entblättert. Als mein Oberkörper nackt war, bekam ich überall Gänsehaut. Veronikas Kopf neigte sich und ihre Lippen umschlossen eine meiner Brustwarzen, die sich aufgestellt hatte. Ich schloss die Augen, während sie daran saugte und mit ihrer Zunge umspielte. Zwischen meinen Beinen wurde es sehr feucht und ich wurde immer erregter. Ich wollte noch mehr von der Frau, die mich so verrückt machte. Veronika öffnete meine Hose und schob ihre Hand unter meinen Slip. Ich spürte ihren Finger an meiner Klitoris. Das Reiben brachte mich zum Aufstöhnen.

Ich zog die Hose und Unterhose hastig aus. Veronika entledigte sich auch ihrer restlichen Klamotten. Nackt lagen wir auf ihrem Bett, unsere Körper eng umschlossen und erregt. Wir bewegten uns sehr schnell und der Sex war recht wild. Sie stimulierte mich mit den Fingern und ich sie auch. Wir küssten uns ebenso fordernd und schnell. Wir waren gierig nach Befriedigung, ohne ein langes Geschmuse, Streicheln und Zärtlichkeit.

Während wir uns gegenseitig stimulierten, wechselten wir die Lage. Manchmal lag ich unter, manchmal neben und auch mal auf ihr. Der wilde Sex war genau das, was wir in diesem Moment brauchten.

Ein lautes Klopfen an der Tür ließ uns innehalten. Wir sahen uns an. Keine von uns traute sich etwas zu sagen. In wenigen Sekunden traf ich eine Entscheidung. Mit einem Sprung aus dem Bett landete ich auf dem harten Boden. Ich hatte nicht darüber nachgedacht, dass dieses Poltern sicherlich auch vor der Tür zu hören war.

Veronika zog die Decke über sich. Bis zum Kinn abgedeckt, sagte sie schließlich: »Ja?«

Die Tür wurde sofort geöffnet. Eva stand im Türrahmen und sah sehr wütend aus.

»Was willst du?«, fragte Veronika.

»Ich weiß, dass du nicht alleine bist!«

»Na und?«

»Ich will mit euch reden!«

»Worüber?«

Ich überlegte, ob das der geeignete Zeitpunkt war, um sich zu zeigen. Ich spähte hinter dem Bett hervor und hoffte, Eva würde nur meinen Kopf sehen. Immerhin war ich noch völlig nackt.

»Ja, worüber?«, fragte ich.

»Über euch, uns«, antwortete sie.

»Es gibt kein uns«, sagte Veronika.

Ich kniete immer noch hinter dem Bett. Meine Knie fingen an, wehzutun.

»Aber nicht hier. Wir treffen uns gleich in der Küche«, sagte ich schließlich.

»Einverstanden. Bis gleich.« Eva ging aus dem Zimmer und schloss die Tür hinter sich zu.

»Was soll diese Scheiße?«, fragte Veronika.

»Keine Ahnung. Lass uns anziehen und in die Küche gehen.« Die Stimmung und Lust auf Sex waren verschwunden.

»Uns bleibt wohl nichts anderes übrig.« Eben war alles noch so schön. Wir hatten enorme Lust aufeinander und nun mussten wir von hundert auf null damit runterfahren. Schlagartig war ich schlecht gelaunt. Ich suchte meine Sachen zusammen, die auf dem Boden verteilt herumlagen, und als ich alles gefunden hatte, zog ich mich an. Veronika ging es anscheinend nicht anders, denn sie war auch nicht mehr gut gelaunt, was sich in ihrem Gesichtsausdruck widerspiegelte.

Es hatte keine fünf Minuten gedauert, bis wir zusammen in der Küche auftauchten. Eva saß am Tisch und trank einen Kaffee.

»Da sind wir«, sagte ich.

Wir setzten uns ihr gegenüber und warteten, bis sie etwas von sich gab.

»Tut mir leid, dass ich euch unterbrochen hatte. Trotzdem ist es wichtig, was ich euch mitteilen möchte, und es hat keine Zeit auf Aufschub«, begann sie.

»Dann schieße los«, sagte ich.

»Unter diesen Umständen kann ich hier nicht weiter wohnen bleiben. Ich werde Mitte der Woche ausziehen.«

»Hast du denn schon eine neue Bleibe?«, wollte ich wissen.

»Ja, bei einer Freundin in der WG ist ein Zimmer frei geworden. Ich denke einfach, es wäre das Beste für alle Beteiligten.«

»Na ja, wenn es für dich so unerträglich ist, hier weiter wohnen zu bleiben, dann möchte ich dich natürlich nicht davon abhalten. Trotzdem hast du eine Kündigungsfrist und ...«

»Schon klar«, unterbrach sie mich. »Ich werde selbstverständlich die Miete so lange zahlen, bis du für das Zimmer jemand Neues gefunden hast. Für den Monat habe ich ja schon überwiesen und vielleicht findet sich ja schnell ein Ersatz?«

»Ich werde mit Simone sprechen und versuche mit ihr zusammen, so schnell wie möglich für das Zimmer jemanden zu finden. Es muss ja nicht nur für mich passen.«

»Schon klar. Danke für dein Verständnis.«

»Schade, dass du wieder ausziehst«, ergänzte ich.

»Tut mir leid. War ja auch so nicht geplant. Wie du weißt, bin ich eigentlich nur wegen dir hier eingezogen.« Sie stand auf, räumte ihre Tasse in die Spülmaschine ein und als sie am Hinausgehen war, sagte sie: »Ich werde heute noch meine Sachen zusammenpacken.«

Veronika hatte die ganze Zeit über keinen Ton gesagt. Nun sah sie mich fragend an.

»Was meint sie damit?«, fragte sie.

»Nicht so einfach zu erklären, aber kurz gesagt, sie wollte mich näher kennenlernen und hatte sich deshalb für das freie Zimmer beworben. Ich weiß, klingt irgendwie verrückt.«

Ich hatte auch keine Ahnung, was ich noch dazu hätte sagen sollen. Heute Abend müsste Simone wieder nach Hause kommen. Ich nahm mir vor, mit ihr direkt darüber zu reden. Ich sah auf die Uhr. Es war schon nach neun. Simone kam sonntags nie später als zehn Uhr abends nach Hause.

»Magst du auch ein Bier?«, fragte ich.

»Ja, gerne. Eine leichte Betäubung ist jetzt nicht verkehrt«, sagte Veronika. Ich musste ihr recht geben.

Während wir so dasaßen, unser Bier tranken und auf Simone warteten, schwiegen wir uns an. Wir waren beide so dermaßen über diese Nachricht überrascht, sodass wir die neue Erkenntnis erst sacken lassen mussten.

Gegen fünfzehn vor zehn wurde die Wohnungstür geöffnet. Ich stand direkt auf und spähte in den Flur. Simone entledigte sich in dem Moment ihrer Jacke.

»Hey«, sagte ich.

»Scheiße! Hast du mich erschreckt.« Sie war zusammengezuckt. »Seit wann schleichst du dich so an?«

»Sorry. Kommst du mal in die Küche, wenn du hier fertig bist?«

»Das klingt irgendwie nach Ärger. Ich stelle nur mal schnell meine Tasche ins Zimmer.«

Ich ging wieder zurück in die Küche und wartete mit Veronika, bis Simone sich zu uns gesellte.

»Da bin ich. Oh, ein Bier kann ich jetzt auch vertragen.« Sie holte eine Flasche aus dem Kühlschrank und setzte sich auf den Platz, der noch vor einigen Minuten durch Eva belegt war. »Also? Schießt los.«

»Eva zieht aus und wir brauchen schnell wieder eine neue Mitbewohnerin.«

»Und du bist bestimmt daran schuld, stimmt´s?« Simone sah mich eindringlich an.

»Indirekt«, sagte ich. Ich schielte zu Veronika.

»Wir sind schuld«, sagte sie schließlich. Sie musste wohl meinen hilfesuchenden Blick bemerkt haben.

»Veronika und ich haben was miteinander und Eva kommt damit nicht klar«, versuchte ich zu erklären.

»Wir haben was miteinander?« Veronika sah mich empört an. »Also sind wir nicht zusammen?«

»Ähm, schon ... Darüber haben wir noch nicht gesprochen und ich wollte nicht vorgreifen.«

»Also, das könnt ihr ja noch in Ruhe alleine klären. Unser Problem ist jetzt jemand Neues für das Zimmer zu finden. So wirklich Lust dazu habe ich ja nicht, wenn ich ehrlich sein soll. Schon wieder so komische Leute, die hier auftauchen und uns Zeit rauben. Aber ich habe wohl keine andere Wahl oder?«, sagte Simone.

»Nicht wirklich. Du hast es richtig erfasst.« Ich hielt meine Flasche ihr entgegen. »Dann auf´s Neue und vielleicht mit mehr Glück!«

Simone stieß mit mir an, während sie ihren Kopf schüttelte. »Dabei ist Eva so toll. Hätte ich nicht gedacht, dass sie uns so schnell wieder verlässt.«

»Ich auch nicht.«

Simone trank ihr Bier aus und verabschiedete sich mit den Worten: »Gute Nacht.« Ich und Veronika tranken jeweils noch ein zweites. Nach Zärtlichkeiten, Küssen und solchen Dingen war mir zu dem Zeitpunkt nicht wirklich zumute. Die Stimmung war wie weggeblasen. Ich war mit den Gedanken woanders. Tatsächlich überlegte ich, ob es so richtig war, etwas mit Veronika anzufangen. Eine Beziehung innerhalb der WG, wenn man wusste, dass es noch eine zweite Frau gab, die Interesse hatte, konnte sehr schnell im Ärger enden. Möglicherweise war die jetzige Situation mein Verschulden. Ich fragte mich, was passieren würde, wenn es zwischen mir und Veronika Probleme in der Beziehung gab. Das würden sicherlich auch die anderen in der WG abbekommen. Das Gefühl, dass ich den falschen Weg eingeschlagen hatte, breitete sich in mir aus.

»Ich werde jetzt auch mal schlafen gehen«, sagte ich.

»Magst du bei mir schlafen?«, fragte Veronika.

»Nein, ich denke, heute ist es besser, wenn ich in mein eigenes Bett gehe.«

»Na schön.«

Ich stand auf, gab Veronika ein Küsschen und verschwand in meinem Zimmer. Obwohl ich schon das Licht ausgemacht hatte und meine Augen zu waren, lag ich wach. Ich hatte viel zu viele Gedanken, die mich vom Schlafen fernhielten. Ich wusste nicht genau, wann ich endlich eingeschlafen war, aber es hatte eine Ewigkeit gedauert.

11

Als mein Wecker klingelte, hatte ich große Schwierigkeiten, die Augen sofort zu öffnen. Ich war immer noch sehr müde und musste mich trotzdem irgendwie aufrichten und arbeiten gehen. Nach ein paar Minuten wälzte ich mich endlich aus dem Bett und ging ins Bad, und dann direkt unter die Dusche. Nachdem ich fertig war, musste ich mir unbedingt einen Kaffee machen und mir Brote zum Mitnehmen für die Arbeit vorbereiten.

Nur wenige Minuten nach mir, kam auch Veronika in die Küche.

»Guten Morgen«, sagte sie mit einer verschlafenen Stimme.

»Guten Morgen«, antwortete ich.

»Hast du gut geschlafen?«

»Zu kurz. Habe ewig gebraucht, bis ich endlich eingeschlafen war. Und du?«

»Genauso.«

»Kaffee?«, fragte ich sie.

»Ja, bitte.«

Veronika war anscheinend an diesem Morgen genauso wenig gesprächig wie ich. Kurze Fragen und kurze Antworten, zu mehr waren wir nicht in der Lage. Wir saßen uns schweigend gegenüber, während wir an unseren noch heißen Getränken schlurften. Brote hatte ich mir bereits in der Zeit geschmiert, als der Kaffee am Durchlaufen war. Die leuchtend grüne Tupperdose lag neben mir. Ich gähnte.

»Julia?«, sagte Veronika schließlich.

»Hmmm?«

»Ich finde, wir sollten uns unterhalten.«

»Worüber?«

»Über uns natürlich.«

»Ja, klar. Aber nicht jetzt.«

»Natürlich nicht. Heute Abend?«

»Ja, in Ordnung.« Ich trank meinen Kaffee aus und stand schließlich auf. »Bis heute Abend.« Bevor ich die Küche verließ, räumte ich meine Tasse in die Spülmaschine ein. Nur wenige Minuten später ging ich nach draußen und eilte zur Arbeit. Es war ziemlich kühl, doch die frische Luft tat gut und machte mich ein wenig wacher.

Der Arbeitstag hatte sich wie ein Kaugummi dahingezogen. Es wollte einfach nicht enden. Ab Mittag kämpfte ich erneut gegen die Müdigkeit, weshalb ich mir noch einen Kaffee aus der Maschine rausließ. Der schmeckte wie Putzwasser, aber ich wurde ein wenig wacher. Um siebzehn Uhr hatte ich dann schließlich Feierabend und eilte rasch nach Hause.

Nachdem ich meine Jacke und die Schuhe ausgezogen hatte, sah ich auf der Kommode im

Flur einen Zettel und Schlüssel liegen. Ich faltete das Blatt Papier auseinander und las:

Hallo Julia und Simone,
vielen Dank für die Chance, bei euch wohnen zu dürfen. Ich weiß, es ist nicht so gelaufen wie geplant. Weder für euch noch für mich. Tut mir leid, dass es so geworden ist. Da ich Gefühle für dich, Julia, wie du weißt, habe, wäre das Zusammenwohnen irgendwann unerträglich für alle Beteiligten geworden. Ich hoffe, du kannst es verstehen.
Ich wünsche euch alles Gute und viel Erfolg mit der nächsten Bewohnerin meines Zimmers.
Eva.

Also war Eva ausgezogen. Ich öffnete ihre Tür und das leere Zimmer bestätigte ihre Zeilen. Ich hoffte, die nächste Frau, die hier einziehen würde, bliebe länger.

Ich ging ins Bad, um mich von dem Dreck aus der Autowerkstatt zu entledigen, und wartete anschließend mit einer Tasse Kaffee in der Küche, dass Veronika oder Simone nach Hause kommen würden. Ich musste mit beiden ein Gespräch führen.

Als Erste kam Simone nach Hause. Ich bat sie

direkt um ein Gespräch. Wenige Minuten später gesellte sie sich zu mir in die Küche, nahm einen Kaffee aus der Kanne und setzte sich mir gegenüber.

»Jetzt bin ich so weit. Schieß los«, sagte sie.

»Ich wollte mit dir besprechen, wie wir das mit der Zimmervermietung händeln sollen. Wir sollten uns so schnell wie möglich darum kümmern, finde ich.«

»Ich kann ja wieder eine Anzeige reinsetzen. Dann nehme ich mir am Freitag ab Mittag die Zeit und du kannst ja wieder die Termine mit den Interessentinnen für Freitag festlegen. So wie das letzte Mal.«

»Sehr gut. Das können wir so machen. Ich habe am Freitag auch noch nichts vor.«

»Ich stelle noch heute Abend die Anzeige rein. Ist ja dann in wenigen Minuten online.«

»Vergiss nicht, meine Handynummer anzugeben.«

»Mach ich.« Simone trank den Rest ihres Kaffees aus und ließ mich alleine zurück in der Küche.

Das erste Gespräch war erledigt. Das zweite würde bestimmt nicht so schnell und reibungslos laufen.

Während ich in der Küche saß und auf Veronika wartete, öffnete ich mir ein Bier. Auf eine weitere Tasse Kaffee hatte ich keine Lust. Auf Wasser ebenso wenig. Es dauerte länger als gedacht, bis sie nach Hause kam. In der Zwischenzeit war ich schon bei meiner zweiten Flasche Bier angelangt.

»Hey«, spähte sie in die Küche.

»Hey«, antwortete ich.

»Ein Bier kann ich jetzt auch gebrauchen. In der Arbeit war heute die Hölle los!« Sie ging direkt zum Kühlschrank und entnahm eine Flasche. Direkt danach setzte sie sich mir gegenüber.

»Ich gehe davon aus, dass du auf mich wartest?«, fragte sie.

»Ja, das tue ich. Wir müssen reden. Ich glaube, das war auch dein Wunsch.«

»Das ist richtig. Wir sollten definitiv miteinander reden.«

»Ich fange jetzt einfach mal an. Gestern, da hatte ich den Eindruck, dass wir etwas klären müssen.«

»Hmm, ganz genau. Ich hatte das Gefühl, dass du ein Problem damit hast, mich als deine Freundin zu titulieren.«

»Ja, stimmt. Wir haben doch erst seit paar Tagen was miteinander und deswegen war es noch zu früh für mich, zu sagen, dass wir zusammen sind. Ich war mir auch nicht sicher, was es für dich ist? Ich finde, wir müssen erst mal gucken, ob es passt und ob wir mehr gemeinsam haben, als den Sex«, brachte ich es auf den Punkt.

»So etwas habe ich mir schon gedacht. Aber was soll denn da nicht passen?«

»Wir kennen uns noch nicht richtig. Vielleicht merkt eine von uns, dass die andere doch den Vorstellungen nicht entspricht. Außerdem bin ich mir nicht sicher, ob das richtig ist, so innerhalb der WG eine Beziehung zu haben. Eva war das beste Beispiel dafür. Eifersucht, Streitereien. Ich habe darauf keine Lust.«

»Verstehe. Du willst mich wieder abschießen?«

»So würde ich das nicht sagen. Ich finde es nur nicht richtig.«

»Ist das jetzt dein Ernst?«

»Ja.« Ich versuchte, ihr nicht wehzutun, obwohl ich es möglicherweise in diesem Moment schon tat. Die ganze Zeit über hatte ich das Gefühl, dass es mit Veronika nicht wirklich passte. Eine Intuition möglicherweise. Anders konnte ich es nicht nennen. Ich hatte Angst, in irgendwas mit ihr zu geraten, was mir schaden könnte, und aus dem ich zu einem späteren Zeitpunkt nicht so einfach rauskommen würde. Früher hatte ich mir über so was keine Gedanken gemacht, aber mittlerweile vertraute ich meinem Bauchgefühl. Fakt war, dass ich Veronika körperlich anziehend fand, jedoch nur rein sexuell. Ich hatte aber nicht das Gefühl, dass ich in sie verliebt war. Tatsächlich dachte ich das zuerst, aber dann wurde mir bewusst, dass es nur ihr Körper war, den ich wollte. Aus diesem Grund konnte ich auch das Ganze kaum als Beziehung sehen.

»Und willst du nicht vielleicht abwarten und gucken, wie es sich zwischen uns entwickelt?«, fragte sie.

»Ich muss darüber nachdenken.«

»Na schön.« Veronika schnaufte laut auf. »Ich verstehe dich irgendwie nicht.«

»Tut mir wirklich leid.«

»Das sollte es.« Sie stand auf, räumte ihre leere Flasche weg und ließ mich alleine zurück.

Ich befürchtete, dass ich in der Zukunft Stress mit ihr haben würde oder sie deswegen auch ausziehen könnte. Auf Dramen hatte ich keine Lust. Simone würde mich erwürgen, wenn noch ein Zimmer in so kurzer Zeit frei werden würde.

Ich schob mir eine Aufbackpizza in den Ofen und als sie fertig war, aß ich sie dann in aller Ruhe in meinem Zimmer. Für den Rest des Tages wollte ich niemanden mehr sehen.

12

In den nächsten Tagen versuchte Veronika, mir aus dem Weg zu gehen. Ich ihr ebenfalls. Sie war auf mich sauer und ich wollte darüber nicht mehr reden. Es war alles gesagt.

Simones Anzeige hatte wieder Erfolg und ich konnte für Freitag ein paar Interessentinnen zu uns einladen. Heute war also der Tag, an dem wir hoffentlich eine neue Mieterin für das kleine, freie Zimmer finden würden. Ich hatte mir am Nachmittag in der Arbeit freigenommen und Simone musste freitags sowieso immer nur bis zwölf Uhr arbeiten.

»Wann kommt die Erste?«, fragte sie mich.

»Um dreizehn Uhr. Bist du etwa nervös?«

»Wer weiß, was jetzt wieder antanzt«, antwortete sie nach ihrer typischen Art. Sie setzte sich mit einer Tasse Kaffee zu mir in die Küche, um ebenfalls zu warten, bis es an der Tür klingelte. »Wie läuft es jetzt eigentlich mit dir und Veronika weiter?«

»Keine Ahnung. Ich möchte keine Beziehung mit ihr. Irgendwie habe ich da so ein Gefühl.«

»Heißt das, dass wir bald wieder ein freies Zimmer haben werden?«

»Vielleicht. Wenn sie damit nicht klarkommt, dann wohl schon.«

»Könntest du dich da in Zukunft etwas

zurücknehmen? Ich möchte nicht alle vier Wochen eine Anzeige reinsetzen müssen.«

»Schon klar«, antwortete ich. Ich trank meinen Kaffee leer. Die Uhr zeigte fünf Minuten vor eins.

Tatsächlich war die Dame, die als Erste kommen sollte, überpünktlich. Vier Minuten vor dem vereinbarten Zeitpunkt klingelte es an der Tür.

»Los geht´s, Simone.« Wir standen synchron auf.

Ich betätigte die Taste neben der Tür und ließ denn Besuch ins Haus. Wenige Sekunden später stand eine großgewachsene Frau vor unserer Tür. Ihr Lockenkopf wirkte sehr dominant in Betracht der Kopfgröße.

»Hey, ich bin Jessica. Wollte mir das freie Zimmer ansehen. Tut mir leid, ich weiß, dass ich etwas zu früh da bin, aber ich wollte nicht so lange in der Kälte stehen und warten. Mich freut es übrigens total, dass der Termin so gut geklappt hat. Später habe ich nicht so viel Zeit. Aber zum Glück hat es ja mit dreizehn Uhr geklappt und ich würde mich mega freuen, wenn es zwischen uns passt. Dann hätte ich es nicht so weit zur Arbeit. Darf ich nun reinkommen?«

Simone und ich standen mit offenen Mündern da.

»Natürlich. Komm rein.«

»Vielen Dank. Der Flur gefällt mir ja schon sehr gut. Und die Postkarten, wie süß. Sind die aus euren Urlauben? Macht ihr gemeinsam Urlaub oder jeder für sich? Auf jeden Fall eine schöne Idee.« Sie betrachtete die Postkarten an der Wand.

»Ja, also ...« Ich versuchte, darauf zu antworten.

»Aber zeigt doch erst mal das Zimmer. Über so persönliche Dinge können wir uns noch später unterhalten, um uns besser kennenzulernen, nicht wahr? Ist es das Zimmer da drüben?« Sie deutete auf die offene Tür, die zu meinem Zimmer ging.

»Nein, hier entlang.« Ich nutzte die kurze Pause, um zu antworten. Simone stand immer noch mit einem offenen Mund da und rührte sich nicht vom Fleck.

Jessica folgte mir in das freie Zimmer und legte direkt wieder los.

»Ja, das ist also das Zimmer. Okay, es wäre schon machbar, auch wenn es recht klein ist, wie ich finde. Ich könnte aber ein Stockbett hinstellen, dann gäb es Platz drunter für meinen Schreibtisch. Mein Kleiderschrank ist auch recht groß, aber wenn ich es an diese Wand stelle, dann müsste es reinpassen. Und warum ist jetzt eigentlich das Zimmer frei? Ich hoffe, hier wird nicht dauernd gestritten, denn so was mag ich nun wirklich nicht. Mir ist es lieber, wenn sich alle verstehen und gemeinsam gekocht wird. Auch so Spieleabende wären toll.« Jessica pustete die Haarlocke von ihrem Gesicht weg und sah mich erwartungsvoll an.

Ich merkte, wie meine Ohren überfordert waren, und schielte zu Simone rüber, die sich hinter mich gestellt hatte. Sie rieb sich an der Nase. Auch ohne dieses Zeichen war mir klar, dass sie sich genauso wie ich überfordert fühlte.

»Jessica, also pass auf.«

»Ja?« Sie sah mich mit ihren großen Augen an.

»Wir haben das Gefühl, dass es nicht so zwischen uns passen würde.«

»Ich weiß, ich rede zu viel. Das ist nur die Aufregung. Sonst bin ich nicht so. Das hatte ich schon als Kind. Meine Eltern haben damals schon zu mir gesagt, dass ich wahrscheinlich Lehrerin werden würde oder auch in die Politik gehen könnte. Na ja, sie hatten sich getäuscht. Nichts davon hatte mich interessiert. Ich habe meinen Traumjob im Verkauf gefunden. Das erfüllt mich total.«

»Und was verkaufst du da?«

»Sextoys. Ihr glaubt es ja gar nicht, was es so alles gibt. Also, ich könnte euch alles Mögliche zeigen und demonstrieren. Ihr würdet bestimmt das eine oder andere toll finden. Ich habe schon so vielen Paaren damit bei ihren Problemen im Bett helfen können.«

Simone öffnete wieder ihren Mund und bekam direkt einen Seitenhieb von mir verpasst.

»Jessica, nichts für ungut. Trotzdem, es passt irgendwie nicht.«

»Bist du dir sicher? Ich kann auch anders. Also, wenn ich hier angekommen bin, dann ...«

»Nein!«

»Ach, schade«, sagte sie und sah mich wieder mit ihren großen Augen an.

»Tut mir leid, aber es ist besser für uns alle. Das harmoniert einfach überhaupt nicht.«

»Gut. Ich habe es verstanden.« Sie sah auf ihre Armbanduhr. »Oh Schreck. Ich muss los. War ich wirklich schon so lange hier? Ich muss ja noch so vieles erledigen und dann noch die Termine nachher. Ich hoffe, das schaffe ich alles, und vielleicht kann ich noch zwischen den Terminen einkaufen gehen. Ich habe völlig vergessen, dass ich keine Milch mehr zu Hause habe. Kaffee ohne Milch, das geht absolut nicht. Trotzdem danke, dass ihr euch die Zeit genommen habt, auch wenn nichts draus geworden ist. Ich wünsche euch noch einen schönen Tag und vielleicht sieht man sich ja wieder.«

Ich ging voraus in den Flur und hoffte, Jessica

würde mir so schnell wie möglich folgen und unsere Wohnung verlassen.

»Also, das mit den Postkarten würde ich trotzdem gerne hören. Eine schöne Idee. In meinem neuen Zuhause mache ich das auch so. Irgendwann ist die ganze Wand voller Postkarten. Eine wirklich schöne Erinnerung ...«

Ich schob Jessica das letzte Stück sanft aus der Wohnung hinaus und schloss die Tür direkt vor ihrer Nase.

»Halleluja«, sagte Simone.

»Ich bin traumatisiert«, antwortete ich.

Die erste Besucherin war also ein Reinfall. Wir warteten in der Küche und genossen die Stille. Keine von uns hatte Lust, zu reden. Um vierzehn Uhr klingelte es erneut an der Tür.

»Komm schon. Schlimmer kann es nicht werden«, sagte ich zu Simone. Ich hievte mich vom Stuhl hoch und ging zur Tür. Meine Mitbewohnerin stand wieder hinter mir in Deckung.

»Hallo«, sagte die Frau, die vor unserer Tür ankam. »Ich bin Tanja.«

»Hey, komm rein«, erwiderte ich und machte Platz, damit sie hereintreten konnte.

»Danke.«

»Ich zeige dir direkt das freie Zimmer. Folge mir.«

In wenigen Schritten standen wir nun zu dritt

in dem leeren Zimmer. Tanja blickte sich um, auch wenn es nicht wirklich viel zu sehen gab. Sie ging ans Fenster und sah hinaus.

»Es ist schön. Mir würde das vollkommen reichen. Zweihundert ist die Mitte?«

»Ja, genau.«

»Ich hätte durchaus Interesse.« Sie sah mich aus ihren schönen, großen, rehbraunen Augen an.

»Was arbeitest du, Tanja?«, wollte ich wissen.

»Ich bin im Verkauf in einem Bioladen angestellt.«

»Sehr gut.« Ich sah Simone an, doch sie hatte ein Lächeln im Gesicht. Ich deutete es, als würde sie keinerlei Probleme mit Tanja haben. »Wir haben noch ein paar Interessentinnen für heute. Ist es okay, wenn wir dir spätestens morgen Bescheid geben?«

»Natürlich.«

»Warte mal, ich schreibe mir deine Handynummer auf.«

Sie diktierte mir ihre Nummer und ich tippte sie unter ihrem Namen in mein Handy ein. Ich war froh, schon mal eine Kandidatin dazuhaben, die irgendwie normal wirkte. »Danke, ich melde mich.«

»Danke auch. Dann bis morgen. Ich würde mich sehr freuen, wenn es klappt.« Mit diesen Worten verließ sie unsere Wohnung. Der Besuch war sehr kurz und problemlos.

»Bis morgen.« Ich schloss die Tür hinter ihr zu.

»Und? Was meinst du?«, fragte ich Simone.

»Ja, ganz nett. Wenn nichts Besseres kommt, dann können wir es mit ihr versuchen, finde ich.«

»Ganz meiner Meinung. Hast du auch Hunger? Ich schiebe mir eine Pizza in den Ofen. Bis die Nächste kommt, habe ich sicherlich gegessen.«

Tatsächlich hatten wir jetzt noch eine dreiviertel Stunde Zeit. Um fünfzehn Uhr war der nächste Termin.

»Ja, ich habe auch Hunger. Mache mir ein paar Nudeln.«

Während wir warteten, bis unser Essen fertig war, saßen wir in der Küche und mussten plötzlich über Jessica lachen. So sehr uns der erste Termin verstört hatte, waren wir nun froh, dass Tanja uns das Gegenteil bewiesen hatte.

»Also, noch zwei und dann haben wir es geschafft.«

»Zum Glück.« Simone verdrehte die Augen.

Unser nächster Besuch war auch pünktlich. Wir hatten gespeist und warteten nun wieder erwartungsvoll an der Tür. Diesmal stand eine Blondine vor uns.

»Hallo«, begrüßte ich sie.

»Hallo«, war die Antwort.

Ich wartete noch kurz, mit der Hoffnung, dass sie sich gleich vorstellen würde. Doch es kam nichts. Sie stand vor uns und lächelte schüchtern.

»Wie heißt du?«, fragte ich schließlich.

»Entschuldigung, ich bin Sarah.«

»Okay, Sarah. Dann komm doch mal rein. Ich bin Julia und das ist Simone.« Ich zeigte auf meine Mitbewohnerin.

»Freut mich.«

»Na schön.« Ich kratzte mich am Kopf. »Dann komm mit. Ich zeige dir das Zimmer.«

»Danke«, sagte Sarah.

Sie folgte mir so leise in das freie Zimmer, als würde sie barfuß auf den Zehen laufen. Es war mir etwas unheimlich. An Simones Blick konnte ich erkennen, dass sie sich auch nicht wohl fühlte. Sarah stand nun in dem Raum und sah sich um. Nach einer Weile sagte sie immer noch nichts. Simone und ich gaben ihr noch ein wenig Zeit, aber der Zustand änderte sich immer noch nicht.

»Alles okay?«, fragte ich schließlich.

»Ja, es ist sehr schön.«

»Also gefällt es dir?«

»Ja, sehr.«

Mir war klar, dass Sarah überhaupt nicht in

unsere WG reinpassen würde. Ich wusste sofort, dass es keinen Sinn machte, diesen Termin noch weiter in die Länge zu ziehen.

»Sarah, es tut mir leid, aber ich glaube, dass mit uns passt irgendwie nicht.«

»Ja, gut.« Das war ihre Antwort. Keine Frage nach dem Warum oder irgendwelchen Erklärungen. Sarah drehte sich so leise, wie zuvor, um und verließ das Zimmer. »Danke«, sagte sie im Flur, dann ging sie aus unserer Wohnung.

»Was war das denn?«, fragte Simone. »Das krasse Gegenteil zu Jessica!«

»Das stimmt.« Tatsächlich musste ich auch an die erste Interessentin des Tages zurückdenken. »Dann noch ein Versuch. Mal sehen, wie die Letzte ist.«

»Da bin ich auch gespannt.«

Die Besuche machten mich ziemlich müde und ich war froh, dass es bald vorbei sein würde.

»Und wenn die Letzte nichts taugt, dann nehmen wir die Tanja, oder?«, wollte Simone wissen.

»Ja, sie war sympathisch. Könnte ganz gut mit ihr funktionieren.«

Wir warteten wieder die nächsten zwanzig Minuten lang. Mit drei Minuten Verspätung klingelte es an der Tür.

»Los geht´s«, sagte ich.

Wie schon drei Mal an diesem Tag, standen wir wieder an der Tür und warteten gespannt, was uns erwartete. Tatsächlich waren wir, also auch Simone und nicht nur ich, sehr über die optische Erscheinung überrascht. Eine dunkelhaarige Frau mit rasiertem Hinterkopf und einer blauen Strähne in ihrem Pony stand vor uns und strahlte uns an. Ihre großen Augen waren mit einem Kajalstift umrandet. Damit wirkten sie noch größer, als sie vermutlich in Wirklichkeit waren.

»Hey, ich bin Cora. Sorry für die kleine Verspätung.«

»Das ist nicht schlimm. Komm rein«, sagte ich.

»Ja, komm rein«, wiederholte Simone. Cora schien, ihr Typ Frau zu sein.

»Soll ich die Schuhe ausziehen?«, fragte sie uns, nachdem sie im Flur stand.

»Nein, lass nur. Draußen hat es ja heute noch nicht geregnet«, antwortete ich.

»Also, du bist Julia?« Sie sah mich nun direkt an.

»Ja, tut mir leid. Das war unhöflich. Ich bin Julia und das ist Simone.«

»Freut mich.« Nun gab sie uns beiden die Hand.

Wir strahlten alle drei. Die Chemie hatte sofort gepasst. Selbst Simone stand nicht die ganze

Zeit hinter mir, sondern hatte sich nach und nach vor mich hingeschoben.

Wir führten Cora in das freie Zimmer und warteten auf ihre Reaktion.

»Perfekt!«, sagte sie laut. »Genau meine Größe. Ich habe nicht so wirklich viele Sachen, also würde das absolut ausreichen.«

»Cora, warum ziehst du eigentlich um?«, wollte ich wissen.

»Meine jetzige WG löst sich auf. Alle wollen plötzlich eine eigene Wohnung mit dem Partner oder auch alleine haben. Ich möchte lieber in einer WG bleiben. Das gefällt mir.« Cora antwortete zu unserer Zufriedenheit, denn Simone und ich fingen gleichzeitig an, zu nicken.

»Und was arbeitest du?«, fragte diesmal Simone. Das war wohl die erste Frage, die sie an eine Mietinteressentin gestellt hatte. Ich wollte ihr schon Beifall klatschen.

»Ich bin Tierpflegerin, bei uns hier im Tierheim.« Cora lächelte wieder, nachdem sie uns aufgeklärt hatte. »Ich liebe es, mit Tieren zu arbeiten«, ergänzte sie noch.

»Bestimmt sehr anstrengend?«, wollte ich wissen.

»Ja, schon, aber das macht mir mittlerweile nichts aus.«

»Und wann könntest du einziehen?«, fragte Simone. Ich sah sie überrascht an.

»In spätestens zwei Wochen auf jeden Fall. Unsere WG ist bis Ende des Monats gekündigt. Ich suche ja schon eine Weile, aber es hat nie so richtig gepasst oder die Vermieter haben sich dann für jemand anderes entschieden.«

»Verstehe.« Ich nickte wieder zustimmend. »Magst du auch unsere Küche sehen?«

»Ja, gerne.«

Nur wenige Schritte später standen wir schon in der geräumigen Küche und auch hier war Cora begeistert.

»Auch supergroß. Definitiv große Küche, in der sich Platz für alle findet«, stellte sie fest.

»Absolut. Das ist so unser Treffpunkt.«

»Das kann ich mir sehr gut vorstellen. Und wer wohnt noch hier?«

»Veronika. Sie ist auch erst vor Kurzem eingezogen.«

»Also zu viert dann?«

»Ja, genau.«

Ich sah Simone an, um ihre Meinung in ihrem Gesicht zu erkennen, und es sagte mir, dass sie auch das Gefühl hatte, es würde passen.

»Wenn du magst, dann kannst du bei uns einziehen. Wir wären einverstanden«, sagte ich.

»Echt jetzt? Kein Witz?« Cora sprang in die Luft. »Wie geil. Danke.« Sie fiel uns beiden um den Hals. In Simones Augen sah ich Herzchen und bekam Panik.

»Ja, kein Witz. Ich glaube, du würdest bei uns ganz gut reinpassen. Und wenn du möchtest und noch Zeit hast, dann machen wir den Vertrag direkt.«

»Klar habe ich Zeit«, antwortete Cora. Sie strahlte übers ganze Gesicht.

Somit machten wir noch den Mietvertrag fertig und tranken gemeinsam dabei ein Bier.

»Na dann, auf unsere neue Mieterin!« Ich stieß mit den beiden Frauen an.

»Prost und danke nochmal«, antwortete Cora.

Nachdem sie sich verabschiedet hatte, versprach sie, bald wieder zu kommen. Ich mochte jetzt schon ihre Art.

Noch am selben Abend rief ich bei Tanja an und sagte ihr das Zimmer ab. Sie war sehr traurig darüber, dass es nicht geklappt hatte. Trotzdem bedankte sie sich höflich für das Bescheidsagen.

13

Als an dem Abend alle zu Hause anwesend waren, wollte ich etwas Wichtiges verkünden. Simone wusste sowieso schon Bescheid, dass ich am nächsten Tag Geburtstag hatte. Vermutlich war sie aus diesem Grund nicht zu ihrer Partnerin gefahren, sondern hier geblieben. Ihre Freundin kam diesmal über das Wochenende in unsere WG. Veronika jedoch hatte vermutlich keine Ahnung bezüglich meines Geburtstages, nachdem sie noch recht neu bei uns war.

Wir saßen alle zusammen in der Küche, als ich meine Einladung kundtat.

»So, Mädels. Morgen ist ja mein Geburtstag. Ich würde am Abend Pizza bestellen und zum Trinken findet sich sicherlich auch ein bisschen was. Ihr seid alle herzlich eingeladen. Wer ist alles dabei?«

»Das sagst du erst jetzt? Ich brauche dann noch ein Geschenk für dich!«, sagte Veronika.

»Ich bin dir nicht böse, wenn du nichts für mich hast. Ich weiß, dass es jetzt ziemlich knapp ist.«

»Ja, knapp. Allerdings! Und ich habe ein kleines Problem.«

»Wie klein ist es?«, fragte ich sie.

»Ich habe Jana für morgen Abend zu mir eingeladen. Möchte sie ehrlich gesagt ungern wieder ausladen.«

»Deine beste Freundin kann mit uns mitfeiern. Ist doch kein Problem«, sagte ich.

»Okay. Dann gebe ich ihr noch Bescheid.«

Simone und ihre Freundin Kira sagten mir selbstverständlich auch zu. Ich nahm mir vor, direkt morgen Vormittag einkaufen zu gehen. Für fünf Frauen brauchte ich eine Menge Getränke. Basti konnte leider nicht kommen. Er sagte mir ein paar Tage vorher ab. Er versprach aber, mit mir nachzufeiern, wenn er aus dem Urlaub wieder zurück war. Anscheinend machte er mit seinem Freund Peter spontan Urlaub.

Als ich dann am Samstag dabei war, den Tisch aufzudecken, versammelten sich so langsam alle nach und nach in der Küche. Ich stellte eine Schale mit Chips, Salzstangen und Erdnüsse zum Knabbern hin. Die Pizzen waren für achtzehn Uhr bestellt. Jetzt war ich auch bereit, meinen Geburtstag zu feiern.

Simone und ihre Freundin gratulierten mir als die Ersten. Ich bekam von ihnen einen Gutschein für meine Lieblingsbuchhandlung. Damit konnte man bei mir tatsächlich nichts falsch machen. Neue Bücher brauchte ich immer.

Anschließend drückte mich Veronika und Jana, um mir zu gratulieren. Sie hatten zusammen ein Geschenk besorgt. Es war ein Gutschein für ein Kinobesuch zu zweit. Darüber hatte ich mich auch sehr gefreut. Ich wusste nur noch nicht, mit wem ich da hinsollte. Tatsächlich stellte ich auch direkt fest, dass ich Jana gut riechen konnte und sie mir direkt sympathisch war.

»Dankeschön«, sagte ich. »Lasst uns zuerst anstoßen«, schlug ich vor. Ich öffnete die Sektflasche und schenkte das Sprudelzeug in die Gläser ein. Noch während wir alle am Sekt nippten, klingelte es an der Tür. Der Pizzabote war wohl ein wenig früher dran, als bestellt, dachte ich. Ich öffnete die Tür.

»Alles Gute zu deinem Geburtstag!« Meine Ex Susi stand vor der Tür und hielt ein großes, in buntes Papier, eingepacktes Geschenk.

»Susi!«

»Ich will dir nur mein Geschenk geben und dann bin ich auch schon wieder weg.« Sie schielte an mir vorbei, um einen Blick in die Küche zu erhaschen. Anschließend stellte sie den großen Karton auf dem Boden ab, drehte sich um und ging.

Damit hatte ich nicht gerechnet. Nachdem ich wieder klar denken konnte, beförderte ich das Präsent zu mir ins Zimmer und ging zurück in die Küche.

»Sorry, Mädels, war doch noch nicht die Pizza.«

Ich öffnete eine Flasche Rotwein und schenkte mir ein volles Glas ein. Meine Gäste bedienten sich selbst. Sie wussten, wo alles zu finden war. Veronika und Simone tranken Bier. Die anderen beiden taten es mir gleich und hatten sich für Wein entschieden. Die Stimmung war gut und ich war froh, dass sich Veronika mir gegenüber normal verhielt.

»Jana, wie lange kennst du eigentlich schon Veronika?«, wollte ich wissen.

»Schon lange. Seit der sechsten Klasse, glaube ich.«

»Nein, seit der fünften«, korrigierte sie Veronika.

»Stimmt, du hast recht. Ich war elf, als ich mit meinen Eltern hergezogen bin.«

»Das ist wirklich lange«, musste ich feststellen. »Ich habe keine Freundinnen mehr aus der Schulzeit. Irgendwie schade.«

»Ich auch nicht«, sagte Simone. Sie holte sich das nächste Bier aus dem Kühlschrank.

In dem Moment klingelte es erneut an der Tür. Ich sah auf die Uhr. »Auf die Minute«, sagte ich.

Nachdem ich die Tür geöffnet hatte, stand endlich der Pizzabote vor unserer Wohnungstür. Die drei Familienpizzen landeten auf dem Küchentisch und wir machten uns sofort darüber her. Es wurde sehr still, als alle aßen. Ich hatte Interesse, Jana noch etwas näher kennenzulernen, also unterbrach ich die Stille.

»Und was machst du sonst noch so, Jana? Also, wenn du nicht mit Veronika beschäftigt bist.«

Sie kaute fertig, bevor sie mir antwortete. »Dies und das, wie jeder andere Mensch eben auch.« Sie sah anscheinend, dass ich mich mit der Antwort nicht zufriedengab, weil ich sie weiterhin ansah und wartete. Sofort folgte eine ausführlichere Äußerung. »Ich arbeite als Arzthelferin und sonst, hmm. Bin gerne in der Natur, lese viel, besuche kulturelle Veranstaltungen. Eigentlich bin ich vielseitig interessiert und lasse mich von vielen Dingen begeistern. Probiere auch mal Neues aus. Ich komme mir ein wenig vor, wie bei einem Vorstellungsgespräch.« Sie lachte und zeigte dabei ihre Wangengrübchen.

»Du baggerst sie doch nicht etwa an, oder?«, fragte mich Veronika mit einem etwas bösen Blick.

»Nein, das tue ich nicht. Es ist doch normal, Fragen zu stellen, wenn man sich nicht kennt.«

»Finde ich auch«, sagte Simone. Sie hatte noch Pizza im Mund, weswegen es eher nach einem »Fi i ach« klang.

»Kannst du vielleicht erst runterschlucken, bevor du redest!«, wurde sie von ihrer Freundin ermahnt.

»Sorry.« Simone verdrehte die Augen und biss wieder ein Stück Pizza ab.

Irgendwie hatte ich schon in der letzten Zeit das Gefühl, dass zwischen ihnen dicke Luft herrschte.

»Also, ich sehe es auch so«, sagte Jana. »Das gehört doch dazu, wenn man sich kennenlernen möchte. Ohne Fragen wird das doch nichts.«

»Jetzt fängst du auch noch an?«, sagte Veronika und sah ihre Freundin giftig an.

»Ich habe eine Idee. Wie wär´s mit einem Spiel? Tabu müsste bei mir irgendwo im Schrank liegen. Damit können wir uns doch alle ein bisschen besser kennenlernen«, fragte ich, um eventuellen Streitigkeiten aus dem Weg zu gehen.

Zum Glück waren alle mit diesem Vorschlag einverstanden. Ich wollte keine Streitereien und Stress an meinem Geburtstag haben. Nachdem ich mir Wein nachgeschenkt und einen Schluck getrunken hatte, dann das Spiel aus meinem Zimmer holte, ging es direkt los.

Wir hatten alle Spaß, das war offensichtlich. Gegen Mitternacht, nach einigen Spielrunden, waren wir ziemlich blau, wenn man das so sagen konnte. Simone und ihre Freundin verabschiedeten sich als die Ersten und verschwanden in Simones Zimmer, nachdem sie noch eine »Gute Nacht« rausgebracht hatten.

Veronika sagte dann auch, dass sie schlafen ginge, und Jana war die Einzige, die noch nach Hause laufen musste. Sie zog sich die Schuhe an, was ziemlich unbeholfen aussah, nachdem sie sich kaum auf den Beinen halten konnte.

Als Veronika endlich auf ihrem Zimmer verschwunden war, wollte ich mit Jana noch ungestört reden. Ihre Blicke an dem Abend waren mir nicht entgangen und das machte mir Mut, mich ihr etwas anzunähern. Mir war mehrmals aufgefallen, dass sie mich immer wieder länger ansah und als ich zu ihr hingesehen hatte, schaute sie sofort weg.

»Brauchst du Hilfe?«, fragte ich, nachdem sie auf einem Bein hin und her schwankte.

»Ich schaffe es schon«, sagte sie und fing an, zu kichern. Ich beobachtete sie und war froh, als sie es tatsächlich irgendwann geschafft hatte, den zweiten Schuh anzuziehen.

»Ich begleite dich nach unten, wenn du magst«, schlug ich vor. Meine Zunge fühlte sich schwer an.

»Danke.«

»Moment. Bin gleich da.« Schnell lief ich noch in die Küche, um noch die dreiviertel volle

Weinflasche mitzunehmen.

Die Wohnungstür zog ich hinter uns leise zu und stützte Jana so lange, bis wir es die Treppen runter geschafft hatten und vor dem Haus standen.

»Lass uns kurz setzen.« Ich zeigte auf die paar Stufen vor dem Eingang.

»Bist du schon müde?« Jana fing wieder an, zu kichern.

»Nein. Ich dachte, wir können uns doch so besser ungestört unterhalten. Ohne die anderen.«

»Du bist eine Schlawinerin!« Jana setzte sich neben mich auf die Betonstufe.

»Anscheinend bist du nicht so sehr abgeneigt.«

»Ich kann mich nur nicht auf den Beinen halten. Deshalb habe ich mich hingesetzt.«

Es war kaum zu überhören, dass ihr das Sprechen Mühe machte. Ich nahm einen Schluck Wein aus der Flasche und reichte sie weiter.

»Nein, nein, du willst mich doch nur betrunken machen.«

»Das bist du doch sowieso schon.«

»Aber dann bin ich noch betrunkener.«

»Geht das?« Ich musste lachen.

»Vielleicht nicht, aber dann bin ich williger, vielleicht.«

»Und jetzt willst du noch nicht?« Es machte

mir sehr viel Spaß, mit ihr zu flirten.

»Was?«

»Mich vielleicht küssen, oder so?«

»Dann nehme ich das so.«

»Dein Humor gefällt mir.« Ich fand ihre lustige Art sehr reizend. »Und was ist bei dir das so?«

»Sag du es mir.« Jetzt sah sie mir tatsächlich direkt in die Augen.

»Vielleicht doch lieber einen Kuss?«, fragte ich sie.

»Na gut. Aber nur, weil du so schöne Augen hast.«

»Nur deshalb?«

»Und wenn du weiter fragst, dann mag ich nicht mehr«, antwortete sie spitz.

Demnach drückte ich meinen Mund auf ihren. Sie küsste gut. Sogar wenn sie betrunken war. Unsere Lippen spielten miteinander und ich sah, dass sie ihre Augen geschlossen hatte. Ich machte sie auch zu und küsste sie noch gefühlvoller. Als sie ihre Lippen ein wenig geöffnet hatte, ließ ich auch meine Zunge bei diesem Spiel mitmachen. Und da war sie, ihre Zungenspitze, die mir entgegenkam. Es fühlte sich richtig an, als sie sich begegneten und vorsichtig einander erforschten. Wir spielten eine Weile mit unseren Münden und den Zungen. Tatsächlich war ich sehr überrascht, wie gut wir dabei harmonierten. Unsere Küsse machten den Eindruck, als würden die Lippen miteinander tanzen. Ein wunderschönes Gefühl, das sich zugleich sanft, erotisch und vertraut anfühlte. Ich war sofort geflasht.

Es hatte eine Weile gedauert, bis wir voneinander losließen. Als sich unsere Lippen getrennt hatten, hatte ich die Nähe und das Gefühl sofort vermisst. Wir öffneten gleichzeitig die Augen und sahen uns an. Beide in dem Moment nicht fähig zu sprechen, doch unsere Blicke sagten mehr als tausend Worte. Wir wollten mehr. Erneut schlossen wir die Augen und ließen unsere Lippen wieder das spüren, was wir soeben schon gespürt hatten, und es war wieder atemberaubend.

Ich wusste nicht, wie lange wir uns küssten. Für uns blieb die Zeit stehen und wir wollten es nicht enden lassen. Obwohl unsere Küsse sich heiß, wie ein Ofen, anfühlten, fing es an, auf der Betonstufe kalt zu werden. Es fühlte sich nicht besonders angenehm an, als mein Hintern taub wurde. Wir sahen uns erneut an und wussten beide, dass es Zeit war, um Tschüss zu sagen. Nachdem wir uns gleichzeitig aufgerichtet hatten, spürte ich meine durchgefrorenen Knochen. Ich bereute es trotzdem nicht.

»Wann sehen wir uns wieder?«, wollte ich wissen.

»Bestimmt bald«, antwortete Jana.

Wir umarmten uns ein letztes Mal in dieser Nacht, bevor ich sie gehen ließ. Ich sah ihr noch eine Weile nach, bis ihre Silhouette im Schatten der Bäume verschwand und ich nur noch eine Sehnsucht verspürte. Ich löste mich endlich von der Stelle und ging ins Haus und dann die Treppe nach oben und in die Wohnung. Die immer noch halb volle Flasche stellte ich in der Küche ab, ging anschließend ins Bad und dann direkt in mein Bett. Der Alkohol machte mich sehr müde. Mit einem Lächeln schlief ich rasch ein und träumte von heißen Küssen mit Jana.

14

An diesem Sonntag schlief ich sehr lange und als ich wach wurde, hatte ich Kopfschmerzen. Ich nahm eine Schmerztablette aus dem Nachtischschränkchen und spülte sie mit einem Schluck Wasser hinunter. Mein Verlangen nach Kaffee trieb mich direkt in die Küche. Als ich hereinkam, saßen Simone und Kira am Tisch und frühstückten.

»Guten Morgen«, stieß ich hervor.

»Morgen. Fit ist was anderes«, bemerkte Simone.

»Guten Morgen«, begrüßte mich auch Kira.

»Sagt bloß nichts. Ich brauche nur einen Kaffee.«

»In der Kanne ist noch was. Bediene dich«, sagte Simone.

Auch in meinem Zustand merkte ich, dass zwischen den beiden erneut dicke Luft herrschte. Ohne Kommentar schenkte ich mir eine Tasse ein und verschwand damit wieder in meinem Zimmer. Es war für mich sehr erstaunlich zu sehen, dass die beiden so fit waren. Sie hatten sicherlich nicht weniger als ich getrunken. Nachdem ich es mir auf dem Bett gemütlich gemacht und die warme Decke über meinen Körper ausgebreitet hatte, schlürfte ich genüsslich an dem heißen Kaffee. Während ich das tat, starrte ich vor mich hin und dachte an heute Nacht zurück. Als mir dann klar wurde, dass ich noch nicht einmal Janas Telefonnummer besaß, hätte ich mich am liebsten ohrfeigen können. Ich überlegte, wie ich ihre Nummer von Veronika bekommen könnte, ohne großes Aufsehen zu erzeugen.

Während ich so vor mich grübelte, fiel mein Blick auf das sperrige, bunte Geschenk, welches auf dem Boden in der Ecke stand. Tatsächlich hatte ich Susis Überraschung noch gar nicht ausgepackt. Einerseits war ich etwas zu faul, um nochmal aufzustehen, aber auf der anderen Seite interessierte mich der Inhalt dann doch. Weitere Sekunden vergingen, während ich die Kaffeetasse vor mir umklammert hielt und das Päckchen anstarrte. Schließlich war meine Neugier doch größer. Ich legte die Tasse auf dem Nachtischschränkchen ab und holte das Geschenk zu mir ins Bett. Ich konnte mir nicht vorstellen, was meine Ex da eingepackt hatte. Die Spannung stieg plötzlich so enorm, dass ich das bunte Papier mit einer einzigen Bewegung fast vollständig hinunterriss. Der Karton, den ich dann geöffnet hatte, beinhaltete eine Geburtstagskarte, ein paar Videokassetten, viele DVDs und fünf Fotoalben. Ich machte als Erstes den Umschlag mit der Karte auf und las.

Liebe Julia,

 ich wünsche dir alles Gute zu deinem Geburtstag. Ich habe dir einiges aus unserer gemeinsamen Zeit zusammengestellt. Es sollte dich ein wenig an unsere gemeinsame Zeit erinnern. Immerhin waren es doch sieben Jahre, mit vielen schönen Erinnerungen. Vielleicht denkst du auch ein bisschen darüber nach, was wir zusammen hatten und was wir aufgegeben haben. Auch wenn du immer wieder sagst, dass es kein Zurück für uns gibt, möchte ich dich bitten, nochmal darüber nachzudenken. Wir waren immer das perfekte Paar, haben uns super ergänzt und hatten sehr viele Gemeinsamkeiten. Ich möchte dich nicht überreden, aber vielleicht ein bisschen zum Nachdenken bringen. Würde mich sehr freuen.

 Feier noch schön und noch etwas: Ich vermisse dich!

 Deine Susi.

Ich legte den Brief zurück in die Kiste, stellte alles dann auf den Boden und vergrub mich erneut unter der Bettdecke. Susi war wirklich sehr hartnäckig. Sie gab anscheinend nicht so schnell auf.

Erst gegen Abend war ich wieder fit und bereit,

mein Bett zu verlassen. Vor meiner Wohnungstür hörte ich Stimmen. Cora brachte die ersten
Umzugskisten vorbei. Nach einem kurzen
Small Talk verschwand sie jedoch wieder. In
diesem knappen Moment konnte sich auch
Veronika mit ihr bekannt machen. Auch hier
schien die Chemie zu stimmen. Jedenfalls lach-
ten sie sich beide direkt an.

Interessanterweise war Simones Freundin
direkt nach dem Frühstück heimgefahren und
Simone dageblieben. Sie ließ sich die Gelegenheit nicht nehmen, um mit Cora kurz zu plau-
dern. Ich spürte die vielen Herzchen in der Luft
und amüsierte mich insgeheim köstlich.

Irgendwann wurde ich neugierig und musste
mal Simone zur Rede stellen.

»Sag mal, warum ist deine Freundin schon gefahren? Sonst bleibt sie etwas länger da.«

»War klar, dass du mich das fragst.«

»Und?«

»Wir sind nicht mehr zusammen.«

»Wie denn das jetzt?« Ich war baff.

»Es hat einfach nicht mehr gepasst. Wir hatten heute Morgen ein sehr langes Gespräch
und haben beide beschlossen, eine Pause ein-
zulegen. Ständig nur noch gestritten. Es war
richtig stressig in der letzten Zeit. Besser so, als
dass wir uns die Augen auskratzen.«

»Total schade.«

»Ja, schon schade, aber wenn es nicht mehr passt, dann passt es eben nicht.«

»Du scheinst gar nicht traurig darüber zu sein«, stellte ich fest.

»Doch, das bin ich. Sehr sogar.«

»Also, ich würde da nur noch weinen und mit niemandem reden wollen.«

»Ich heule heimlich abends in mein Kissen und futter von morgens bis abends Schokolade. Das ist meine Art, damit fertig zu werden.« Simone zuckte ihre Schulter nach oben. »Noch ein letztes Bier für das Wochenende?«

»Bin dabei.«

Ich wusste, dass Simone mit Absicht das Thema gewechselt hatte. So stark, wie sie immer nach außen tat, war sie doch nicht.

Nur wenige Minuten später stieß auch Veronika zu uns.

»Bekomme ich auch eins?«

»Na klar«, antwortete Simone und ich öffnete ihr auch eine Flasche.

Veronika schien gut gelaunt zu sein. Ich hatte nicht den Eindruck, dass sie immer noch auf mich beleidigt war oder uns in irgendeiner Weise nachtrauerte. Ich nutzte die Gelegenheit der Stunde.

»Sag mal, Veronika, kannst du mir einen Gefallen tun?«

»Kommt drauf an. Was ist es?«

»Kannst du mir Janas Nummer geben?«

»Nö. Sonst geht´s dir gut?«

»Sei kein Frosch«, sagte ich.

»Vergiss es. Du willst doch nur die Nächste enttäuschen.«

»Nein, will ich nicht. Dann gib ihr wenigstens meine Nummer.«

»Denkst du wirklich, dass sie die haben will? Bist bisschen eingebildet.«

»Falls sie aber nach meiner Nummer fragt, dann gib sie ihr bitte.«

»Mal sehen.«

Damit war die Unterhaltung für mich zu Ende. Ehrlich gesagt hatte ich mit so einer Reaktion schon gerechnet.

Wir ließen den Abend zu dritt ausklingen, bis es Zeit wurde, um ins Bett zu gehen. Wir mussten alle am nächsten Tag zeitig aufstehen und arbeiten.

Die ganze Woche über hatte Cora in der WG immer wieder vorbeigeschaut und einige Kisten da gelassen. Meistens war ich zu dem Zeitpunkt noch gar nicht zu Hause. Doch die letzten paar Säcke, Bücher und Grünpflanzen brachte sie dann schließlich am Freitag mit und blieb sogleich da. Ich hatte an dem Abend noch nichts vor und erhoffte mir direkt, Cora besser kennenzulernen. Selbstverständlich ohne weiteren Hintergedanken.

Leider musste ich sehr schnell feststellen, dass ich nicht die Einzige mit dem Gedanken war. Simone und Veronika geisterten auch die ganze Zeit in der Küche herum, als würden sie auf eine Begegnung mit Cora warten. Das konnte heiter werden.

»Ich habe ein paar Flaschen Wein besorgt und bestelle Pizza heute Abend. Als Einstand sozusagen. Wer ist dabei?«, fragte Cora laut in die Runde, als sie mit der letzten Pflanze im Flur auftauchte.

Wir sagten natürlich alle zu und waren schon mega gespannt auf diese spontane Einladung und als ich an die Pizza dachte, dann freute sich auch mein Magen, indem er hungrig vor sich hin gluckerte.

Als die Pizza endlich geliefert wurde, hatten wir schon zwei Flaschen Wein geköpft. Entsprechend war die Laune bei allen sehr ausgelassen.

»Cora, darf ich dich was fragen?«, fragte Veronika plötzlich.

»Fragen darfst du alles, aber ob ich alles beantworte? Mal sehen«, antwortete unsere Neue lachend.

»Ist ziemlich persönlich. Aber da wir jetzt eine Familie sind, frage ich dich das einfach. Hetero, lesbisch oder bi?« Veronika fing an, zu kichern.

Simone und auch ich schüttelten ungläubig unsere Köpfe.

»Es geht hier also direkt zur Sache, was Mädels? Ich bin lesbisch und das ist kein Geheimnis.«

»Yes!«, schrie Simone und zeigte mit ihrem Arm einen Strike. »Sorry«, sagte sie im nächsten Augenblick.

Wir mussten alle lachen. Die ganze Situation war einfach nur zum Schießen.

Auch wenn ich mich darüber amüsierte, machte ich mir gleichzeitig Sorgen. Ich hoffte, dass sich nicht der nächste Stress in der WG anbahnte.

Zwei Frauen, die auf die Neue abfuhren. Ich konnte keineswegs bestreiten, dass ich Cora nicht auch attraktiv fand. Doch in meinem Kopf und Herzen hatte ich die ganze Zeit Gedanken an eine andere. Verbieten konnte ich es meinen Mitbewohnerinnen natürlich auch nicht, mit Cora etwas anzufangen, aber ich betete schon mal insgeheim, dass es nicht passieren würde.

»Was nicht heißt, dass sie single ist, liebe Simone«, sagte ich mit einem breiten Grinsen.

»Das wollte ich als Nächstes fragen«, erwiderte sie und sah im nächsten Moment Cora erwartungsvoll an.

»Ganz schön neugierig, aber ich sehe schon, wenn ich zur Familie gehören will, dann muss ich mich wohl entblößen, nicht wahr?«

»Ja, so ist es«, sagte Veronika.

»Ich bin in keiner Beziehung. Um ehrlich zu sein, stehe ich auch nicht auf Beziehungen, sondern lebe polyamor. Oft habe ich mehrere Partnerinnen gleichzeitig.«

»Ernsthaft? Das wäre nichts für mich«, stellte ich fest.

»Sicher? Hast du das schon mal ausprobiert?«, fragte sie mich.

»Nein, das brauche ich nicht auszuprobieren. Ich weiß, dass ich ein viel zu eifersüchtiger Mensch bin. Das ist absolut nichts für mich.«

»Und wie ist es bei euch?«, fragte Cora die anderen zwei Frauen.

»Keine Ahnung«, sagte Simone. »Ich bin erst aus einer Beziehung raus. Wahrscheinlich ist es eh noch zu früh, um sich gleich wieder neuzubinden.«

»Das habe ich bisher nicht ausprobiert. Bisher war ich entweder in einer festen Beziehung oder war single und hatte One-Night-Stands. Mehrere feste Partner gleichzeitig hatte ich noch nie«, sagte Veronika.

»Ihr seid doch alle noch jung. Probiert es aus und sammelt Erfahrung. Für eine feste Bindung ist doch noch genug Zeit.« Cora trank den letzten Schluck Wein aus ihrem Glas und öffnete die nächste Flasche.

Ich war mir sicher, dass ich diese Art von Liebe für mich ablehnte, selbst wenn ich noch jünger wäre. Ich hoffte, die anderen beiden Mädels dachten genauso. Ich wollte nicht unbedingt mit einer Kommune unter einem Dach wohnen. Bei dem Gedanken wurde es mir komisch. Ich schob mein Glas zu Cora, damit sie mir auch nachschenken konnte. Nur unter Alkohol, war dieser Gedanke für mich zu ertragen.

»Ich will euch zu nichts überreden, aber denkt einfach mal darüber nach.« Cora schenkte auch bei Simone und Veronika nach und schließlich füllte sie das eigene Glas.

»Ich denke mal darüber nach, aber heute wohl nicht mehr«, sagte Veronika. Der Wein machte sich so langsam bemerkbar.

»Ich auch«, sagte Simone. »Aber auch heute nicht mehr.«

Ich nahm mir das letzte Stück Pizza aus dem Karton, nachdem es anscheinend keiner mehr essen wollte, und biss hinein. Wäre ja schade gewesen, um es wegzuwerfen. Ich überlegte, wie ich das Thema wechseln konnte.

»Morgen ist ja Samstag. Was haltet ihr davon, wenn wir morgen Abend zusammen tanzen gehen? Oder habt ihr schon etwas anderes vor?«, fragte ich schließlich.

»Ich wäre dabei«, sagte Simone.

»Ich auch«, antwortete auch Veronika.

»Klar, warum nicht?« Auch Cora sagte zu.

»Cool. Das wird bestimmt ein sehr lustiger Abend.«

An diesem Abend hatten wir insgesamt fünf Flaschen Rotwein getrunken. Keiner konnte im Anschluss behaupten, noch nüchtern zu sein. Als ich schließlich irgendwann nach Mitternacht ins Bett fiel, war ich sofort in eine Art Komma gefallen. Mit Sicherheit hatte ich auch geschnarcht, aber das brauchte niemanden zu kümmern.

15

Ich wachte mit Kopfschmerzen auf, was mich nicht wirklich wunderte. Nachdem ich festgestellt hatte, dass es bereits Mittag war, quälte ich mich aus dem Bett. Ich brauchte ganz dringend eine Dusche und vor allem Kaffee.

Das Badezimmer war besetzt. Ich änderte die Reihenfolge und holte mir erst mal einen Kaffee aus der Küche. Als ich ihn mir einschenkte, kam Simone herein.

»Morgen«, sagte sie verschlafen.

»Guten Morgen. Auch einen?«

»Unbedingt.«

»Wie geht es dir?«, fragte ich.

»Mein Schädel platzt gleich.«

»Ach, deiner auch?« Ich holte aus der Schublade die Schmerztabletten und reichte eine weiter. »Versuche es damit.«

»Danke.« Simone spülte die Tablette mit Kaffee nach. Genauso wie ich. »Ich lege mich nochmal hin.« Sie verschwand mit ihrer Tasse auf ihrem Zimmer. So, wie es aussah, hatten wir es gestern Abend ganz schön übertrieben.

Das Badezimmer war immer noch besetzt. Ich entschied mich für den gleichen Weg wie Simone. Ich trank im Bett meinen Kaffee aus und legte mich ebenfalls noch einmal hin. Es tat gut, als ich die Augen schloss. Der Druck an meiner Stirn wurde besser. Nach wenigen Minuten schlief ich wieder ein.

Länger als eine Stunde wollte ich nicht schlafen, doch als ich wieder wach wurde, zeigte der Wecker kurz nach fünfzehn Uhr. Mein Magen knurrte, was kein Wunder war. Ich hatte heute noch nichts gegessen. Erfreut stellte ich fest, dass die Kopfschmerzen verschwunden waren. Ohne lange zu zögern, stand ich auf und ging unter die Dusche.

Mein spätes Frühstück bereitete ich mir anschließend in Eile vor. Der Bärenhunger trieb mich dazu, nicht zu trödeln. Entsprechend vertilgte ich eine sehr große Menge und erst nach dem dritten Brötchen war ich mit dem Sättigungsgefühl zufrieden.

»Na, endlich wach?« Cora stand in der Küche.

»Wenn man das als wach bezeichnen kann?« Ich saß noch am Küchentisch und trank meinen Kaffee.

»Wann wollen wir denn heute Abend los?«, fragte sie.

»Wir können ja noch vorher essen gehen, wenn ihr wollt. Dann so gegen neunzehn Uhr, würde ich sagen.«

»Ja, vorher was essen wäre nicht schlecht, aber bitte nicht wieder eine Pizza«, sagte sie und verzog ihr Gesicht dabei.

»Es gibt doch in der Nähe diesen Burgerladen. Wenn Simone und Veronika auch damit einverstanden sind?«

»Das ist eine gute Alternative. Sie sind bestimmt damit einverstanden.«

»Ich frage sie, wenn ich sie sehe.«

»Super. Ich verschwinde mal. Muss noch ein bisschen was einkaufen, damit ich am Sonntag etwas zu essen im Kühlschrank habe. Bis später«, sagte sie. Schon war Cora wieder weg. Ich fragte mich, wie sie so fit sein konnte.

»Bis später.« Ich stellte fest, dass ich ihr nachsah. Das kam nicht infrage, ermahnte ich mich. Viel wichtiger war, an Janas Telefonnummer zu gelangen. Ich beschloss, meinen Kumpel Basti anzurufen, um ihn zu fragen, ob er heute Abend auch in den Klub kommen mag. Schon wählte ich Bastis Nummer auf meinem Handy aus und rief direkt bei ihm durch.

»Halli, hallo«, sang er in den Hörer.

»Hey. Na, wie geht´s?«

»Na ja, also du rufst genau zum richtigen Zeitpunkt an. Mir geht es nicht so berauschend. Weißt du, Peter und ich, na ja, was soll ich dazu sagen. Irgendwie passt es nicht mit dem Knaben.«

»Oh nein, ist es wirklich dein Ernst? Ihr habt doch so gut zusammengepasst.«

»Ach, Schätzchen, irgendwie nicht so wirklich.

Keine gemeinsamen Interessen. Er kuschelt nicht so gerne, dann hängt er die ganze Zeit an seinem Rechner. Das ist ja überhaupt nicht meine Welt.«

»Verstehe. Vielleicht magst du dich ja heute Abend ein wenig ablenken? Ich und meine WG-Mädels wollen heute tanzen gehen.«

»Das ist eine wunderbare Idee und außerdem muss ich mir mal ansehen, was du für einen neuen Zugang in deiner Wohngemeinschaft hast.«

»Du wirst staunen.« Ich musste lachen. »Ich denke, wir sind so gegen einundzwanzig Uhr da.«

»Wunderbar. Bis nachher. Ich freue mich.« Basti legte auf.

Irgendwann am späten Nachmittag war ich auch Veronika und Simone in der Wohnung begegnet und gab ihnen Bescheid. Wir wollten um neunzehn Uhr los, Burger essen gehen und danach in den Klub. Alle waren einverstanden.

Pünktlich, zu ausgemachter Zeit, starteten wir unser Abenteuer. Zuerst ging es zu meinem Lieblingsburgerladen, bei dem es tatsächlich auch die besten Pommes gab.

Die Stimmung war wirklich bombastisch. Veronika konnte mittlerweile mit mir ganz normal umgehen, ohne mich daran erinnern zu müssen, dass ich mit ihr Schluss gemacht hatte. Wobei Schluss machen vielleicht der falsche Ausdruck war, denn wir hatten ja keine richtige Beziehung. Möglicherweise war der Grund, weshalb sie so schnell damit klar kam, unsere neue Mitbewohnerin. Die Herzchen in Veronikas Augen waren mir nicht entgangen. Aber auch Simone schien nicht abgeneigt zu sein, obwohl sie sich erst von ihrer Freundin getrennt hatte.

Nachdem wir alle das Essen bestellt, gegessen und bezahlt hatten, war es schon kurz nach einundzwanzig Uhr. Entsprechend später waren wir im Klub angekommen. Ich schickte Basti eine Nachricht, damit er mir seinen Standort durchgeben konnte. Es hatte auch nicht lange gedauert, bis ich wusste, dass er sich an der Theke aufhielt und dort auf uns wartete.

»Hier!« Basti winkte uns zu. Ihn konnte man nicht wirklich übersehen. Ein ziemlich großer Mann, mit ein paar Kilos zu viel, Schminke im Gesicht und Glitzerschmuck an den Händen.

Ich schob mich durch die Menschenmenge und steuerte auf ihn zu. Die anderen drei Mädels folgten mir im Gänsemarsch.

»Hallo, Basti«, begrüßte ich meinen Kumpel. Wir gaben uns wie immer ein Küsschen rechts und links. Simone kannte er auch schon bereits und drückte ihr ebenso ein paar Küsschen auf die Wange. Sie machte dabei ein Gesicht, als hätte sie in eine Zitrone gebissen.

Nachdem ich die zwei Neuen vorgestellt hatte, gab Basti jeder Frau die Hand, wobei bei jedem Händeschütteln seine Armbändchen klingelten.

»Sehr nett deine neuen Frauen«, sagte Basti und zeigte einen amüsierten Gesichtsausdruck. »Und? Ist eine für dich dabei?«

»Nein, ich habe beschlossen, mich auf keine Mitbewohnerin einzulassen. Das kann doch nur schiefgehen.«

»Hmm, du bist ganz schön vernünftig geworden, weißt du das? So wirst du nie die richtige Frau kennenlernen.«

»Natürlich werde ich das, aber eben nicht in meiner WG. Es gibt da ja sogar schon vielleicht eine, die ich ins Auge gefasst habe.«

»Tatsächlich? Und wer ist es?«

»Dazu mehr, wenn es tatsächlich klappt.«

»Na schön. Ich werde jetzt mal die Hüfte schwingen lassen. Hab schon einen netten Boy auf der Tanzfläche gesehen und bevor ihn mir einer wegschnappt, sollte ich mich beeilen.« Basti war direkt in der Menschenmenge verschwunden, bevor ich ihm noch viel Glück zurufen konnte.

»So, Mädels. Wer will was trinken?«, fragte

ich nun in die Runde.

Natürlich wollten alle. Wir drückten uns nach vorne an die Theke und bestellten jeweils ein Bier. Mittlerweile ging es wieder mit dem Alkohol. Nach gestern Nacht hatte ich schon befürchtet, dass ich abstinent bleiben würde. Bier ging jetzt aber dann doch. Anscheinend auch bei den anderen Mädels.

»Prost«, sagte ich. Alle prosteten mir zu.

»Hör mal, kann ich dich kurz sprechen?«, fragte Cora.

»Natürlich.« Ich folgte ihr in eine ruhigere Ecke.

»Ich wollte nur sichergehen, dass es kein Problem darstellt, dass ich mehrere Partnerinnen gleichzeitig haben könnte. Also, dass verschiedene Frauen auch mal bei mir übernachten würden und ihr euch nicht wundert, wenn die eine oder andere in meinem Zimmer verschwindet.«

»Für mich ist es kein Problem, solange sie nicht mein Essen aus dem Kühlschrank klauen.« Ich musste grinsen, als ich mir vorstellte, wie ich mein Essen verteidigen würde.

»Ich werde aufpassen. Und wenn du doch mal Lust hast, dann kannst du mich auch in meinem Zimmer besuchen. Weit ist es ja nicht und manchmal macht auch ein Dreier Spaß.« Cora grinste mich an.

»Danke, aber ich bleibe bei meinem Standpunkt. Lieber eine feste Freundin und besser außerhalb der WG.«

»Da verpasst du aber was.«

»Vielleicht ist es so, aber trotzdem nichts für mich. Ich hoffe nur, dass keine Tränen in der WG fließen werden. Wäre nicht so toll.« Ich deutete zu Simone und Veronika.

»Sie sind erwachsen und wissen, worauf sie sich einlassen«, konterte Cora.

»Solange noch keine Gefühle im Spiel sind, kann es ja spaßig sein, aber wehe eine von den zwei verliebt sich. Es wird Ärger geben.«

»Ich versuche, keinen Ärger zu machen.«

»Na gut. Ich hoffe, es klappt.«

Nach diesem kurzen Plausch gingen wir wieder zurück zu Simone und Veronika. Ich hatte kein gutes Gefühl dabei.

Cora wirkte auf die anderen zwei Frauen wie ein Magnet. Beide waren Singles und es war nicht zu übersehen, dass sie sehr viel Lust auf Sex mit ihr hatten. Bei Cora hofften sie auf ein Abenteuer, auf Spannung und auf Befriedigung. Selbst wenn ich versuchte, mich da ganz rauszuhalten, ließen die Gedanken mich nicht in Ruhe. Ich stellte meine leere Bierflasche auf den Tresen und ging auf die Tanzfläche. Sehr schnell hatte ich Basti entdeckt. Er tanzte mit einem süßen, blonden Typen. Um ihn nicht zu stören, begab ich mich an eine andere Stelle und tanzte ein paar Meter weiter von ihm entfernt.

Ich ließ mich von der Musik leiten, schloss die Augen und versuchte, meine Gedanken auf die Melodie zu lenken. Nach drei weiteren Liedern hatte ich jedoch davon genug und ging wieder zurück zu den Mädels. Simone stand alleine an der Theke. Ich sah sie fragend an. Sie machte eine Andeutung mit dem Kopf zur Seite. Ich versuchte zu erkennen, was sie damit meinte, und tatsächlich an der Wand gelehnt stand Cora knutschend mit Veronika. Meine Angst hatte sich bewahrheitet.

»Verflucht«, schoss es aus mir raus.

»Ja, verflucht«, antwortete Simone.

»Wie geht es dir damit?«

»Es war zu erwarten. Aber ich hatte gehofft, dass ich die Auserwählte bin, mit der sie sich vergnügt.«

»Vielleicht als Zweite. Du weißt doch, dass Cora mit ihr nur spielt, oder?«

»Ja, schon. Aber auf so was Lockeres hätte ich auch Lust. Bin doch erst seit paar Tagen getrennt, das wäre jetzt nicht so schlecht.«

»Vielleicht bist du ja die Zweite und hast dann auch das Vergnügen.« Ich zwinkerte ihr zu.

»Fühlt sich irgendwie blöd an. Und du? Kein

Bock auf Cora?«, fragte Simone.

»Nee, aber auf ein Bier. Du auch?« Ich wollte Simone noch nicht in die Geschichte mit Jana einweihen.

»Ja, gute Idee.«

Ich stellte mich an den Tresen und bestellte zwei weitere Biere. Wir prosteten uns zu und starrten anschließend in die tanzende Menge. Irgendwann schaute ich wieder nach rechts, wo ich vorhin noch die beiden Frauen knutschend entdeckt hatte, aber sie waren nicht mehr da. Ich suchte die Gegend mit meinen Augen ab, jedoch auch ohne Erfolg.

»Ich glaube, die sind nach Hause gegangen«, sagte Simone, nachdem sie gesehen hatte, dass ich mich umsah.

»Möglicherweise. Mach dir keinen Kopf. Lass uns noch einen trinken.«

»Ein Schnaps für mich«, erwiderte Simone.

»Gut.« Ich bestellte zwei doppelte Sambuca. Auf den hatte ich jetzt auch Lust.

Es blieb nicht bei einem. Als wir, Simone und ich, den Klub verließen, war es schon nach zwei Uhr und wir sturzbesoffen. Trotzdem schafften wir es irgendwie nach Hause. Und als ich endlich in mein Bett fiel, war ich froh, endlich in der Waagrechten zu sein und schlafen zu können. Als ich die Augen schloss, drehte sich alles um die eigene Achse. Mir wurde übel. Erst, nachdem ich mich auf der Toilette erleichtert hatte, konnte ich einschlafen.

16

Ich nahm Geräusche wahr und wurde dadurch wach. Zuerst war ich sehr irritiert, da ich es nicht sofort zuordnen konnte. Es kam eindeutig aus Coras Zimmer und mir war es möglich, zwei Stimmen oder besser gesagt Gestöhne von Frauen zu erkennen. Ein schneller Blick auf meinen Wecker verriet mir, dass es schon kurz nach elf war. Ich hatte wieder den halben Tag verschlafen. Trotz dessen blieb ich noch eine kleine Weile liegen und als ich das Gefühl hatte, etwas wacher zu sein, streckte ich mich lang und verließ mein warmes Bett.

Zum Glück war das Bad frei. Ich nahm eine ausgiebige Dusche und fühlte mich danach wieder fit, um unter andere Menschen treten zu können. Als Erstes musste eine große Tasse Kaffee her.

Mit einem »Morgen« wurde ich in der Küche begrüßt. Simone saß am Tisch und frühstückte.

»Guten Morgen«, antwortete ich.

»Hat dich auch dieser Krach wach gemacht?« Simones Unterton war nicht zu überhören. Sie schien beleidigt zu sein.

»Ja, irgendwie schon. Lass ihnen den Spaß. Ist eben so.«

»Schon klar. Ich hoffe, das ist nicht jeden Tag so.«

»Bestimmt nicht. Sie müssen doch auch unter der Woche arbeiten.« Nachdem ich keine Antwort mehr von Simone bekam, holte ich mir aus der Maschine eine Tasse Kaffee. Sie schien eine ganze Kanne gemacht zu haben. Schließlich setzte ich mich ihr gegenüber und nahm den ersten vorsichtigen Schluck, um mich nicht zu verbrennen.

»Mach dir keinen Kopf. Das wird bestimmt nicht ewig halten. Du weißt doch, dass Cora keine Beziehung sucht.«

»Ja, weiß ich. Vielleicht auch besser so. Mein Herz wird ja nicht gebrochen, sondern das von Veronika.«

»Eben. Kannst eigentlich froh sein. Wenn Veronika sich verliebt, dann hat sie die Arschkarte gezogen.«

»Da drauf trinke ich«, sagte sie und trank ihren Kaffee leer.

Während ich an dem Getränk vorsichtig nippte, musste ich schmunzeln. Simone war schon so eine Marke für sich. Irgendwie eben speziell.

Wir hörten eine Zimmertür aufgehen und anschließend jemanden ins Bad huschen. Gleich danach lief das Wasser in der Dusche. Also waren die Sexspielchen für heute Morgen vorbei. Irgendwie war ich froh, nicht mehr die Nummer Eins für Veronika zu sein. Die Verliebtheit in mich konnte gar nicht so stark gewesen sein, nachdem sie jetzt schon in der Lage war, sich auf etwas Neues einlassen zu können, ging es mir so durch den Kopf.

Die Badezimmertür wurde geöffnet und Veronika verschwand direkt auf ihrem Zimmer. Anschließend ging Cora duschen. Es hatte etwas von einer Realityshow. Ich und Simone saßen in der Küche und folgten dem Schauspiel.

»Warum grinst du so?«, fragte sie mich. Ich hatte es gar nicht gemerkt, dass ich es tat, als ich darüber nachdachte.

»Ach, nichts. Nur so.« Ich wusste nicht, wie ich das erklären sollte, also beließ ich es lieber dabei.

Die Tür zum Bad ging wieder auf und in der Küche erschien die frisch geduschte Cora. Ihre Haare waren noch nass.

»Ich brauche einen Kaffee. Darf ich?«, fragte sie auf die Kanne deutend.

»Klar. Nimm ruhig«, erwiderte Simone.

»Danke.« Sie schenkte sich eine Tasse ein und setzte sich zu uns an den Tisch.

Es herrschte eine Weile Stille. Niemand von uns wollte darüber reden. Jeder war mit seinen eigenen Gedanken beschäftigt. Schließlich unterbrach Cora das Schweigen.

»Ich muss ein bisschen an die frische Luft. Mag jemand mit?«

Ich hatte keine Lust dazu und sah Simone

neugierig an. Würde sie mitgehen? Oder war sie doch so sehr beleidigt, dass nichts mehr zu retten war. Ich wartete ihre Antwort ab.

»Ach, vielleicht keine schlechte Idee. Ich gehe mit«, sagte sie schließlich.

Ich schloss die Augen und hoffte, sie würde keinen Fehler machen. Am liebsten hätte ich sie jetzt geohrfeigt.

»Ich nicht. Muss mir erst mal was zum Essen machen.« Tatsächlich war ich sehr hungrig. Mit einem leeren Magen würde ich es noch nicht einmal um den Block schaffen, ohne zusammen zu brechen. Zumindest hatte ich dieses Gefühl. »Viel Spaß euch.«

»Danke«, sagte Cora. Sie stellte ihre Tasse in die Spülmaschine rein und stand auf. »Ich mache mir nur noch schnell die Haare trocken und dann können wir los.«

»Okay«, sagte Simone. Sie stand auch vom Tisch auf und räumte ihre Tasse weg.

»Mach bloß keinen Scheiß«, flüsterte ich ihr zu.

»Ja, ja.« Sie verdrehte die Augen und streckte mir die Zunge entgegen. Ich musste lachen.

Nachdem ich gefrühstückt hatte, wobei das schon fast ein Mittagessen war, beschloss ich, mich spontan mit einer Freundin ins Kino zu verabreden. Ich wollte noch ein wenig raus und die letzten freien Stunden am Wochenende etwas unternehmen und nicht faulenzen.

Der Film, den wir uns angesehen hatten, war mittelmäßig. Trotzdem war es schön, sich mit Sabine wieder getroffen zu haben. Das hatten wir schon länger vor. Nach der Vorführung saßen wir noch eine Stunde in dem Café, das zu dem Kinokomplex gehörte, und aßen eine Kleinigkeit zum Abend.

Es war schon spät abends, als ich wieder zu Hause ankam. Ich hatte beschlossen, mich nochmal in die Küche zu setzen und ein Feierabendbier zu genießen. Während ich so an meinem Handy in Facebook scrollte und mein Bier trank, hörte ich eine Tür aufgehen und sich wieder schließen. Es muss das Zimmer von Cora gewesen sein. In der Küche tauchte Simone auf. Ich war überrascht.

»Hey«, sagte sie.

»Na, du?«

»Ich nehme mir auch eins.« Simone steuerte direkt den Kühlschrank an. Nachdem sie die Flasche geöffnet hatte, setzte sie sich zu mir.

»Du siehst verschwitzt aus«, stellte ich fest. Tatsächlich waren auch ihre roten Wangen nicht zu übersehen. Ich ahnte schon was.

»Ja?« Simone stellte sich blöd.

»Schon irgendwie. Erzähl mal.«

»Was soll ich erzählen?« Jetzt wurden ihre Wangen noch röter.

»Komm schon.«

»Na schön. Ich habe mit Cora. Du weißt schon.«

»Ach, und wie geht´s weiter?«, wollte ich wissen.

»Es gibt kein „weiter“. Wir hatten einfach nur Spaß miteinander, mehr nicht.«

»Okay. Du weißt ja, dass sie auch mit anderen schläft. Unter anderem auch Veronika.«

»Klar weiß ich das.«

»Dann verlieb dich bloß nicht.«

»Ich weiß. Bin ja nicht blöd.«

»Das hat nichts mit Blödheit zu tun. Ich möchte nur nicht, dass dein Herz gebrochen wird.«

»Das ist sehr lieb von dir, dass du dir so viele Sorgen um mich machst.«

»Natürlich tue ich das.«

Simone hielt mir ihre Flasche entgegen. Ich prostete ihr zu und musste schon etwas grinsen bei der Situation. Immerhin war ich nun nicht mehr die Frau in der WG, die begehrt wurde. Dafür sorgte die Neue. Für mich gut, aber für die anderen, na ja.

Nach dem Bier verabschiedete ich mich, ging ins Bad und anschließend direkt ins Bett. Noch bevor ich das Licht ausgeknipst hatte, hörte ich zwei Türen auf- und zugehen. Eine von den beiden Mädels war wohl wieder bei Cora im Zimmer. Ich verdrehte die Augen und drückte auf den Schalter.

17

Ich war noch nicht ganz wach, als ich dieses Gekicher aus dem Bad hörte. Meine Augen waren halb zu, aber ich spitzte die Ohren. Zwei Mädels unter der Dusche. Das musste es sein. Anders konnte ich mir diese Geräusche nicht erklären. Der Montag hatte fantastisch begonnen. Ich hoffte, dass das Ganze nicht allzu lange dauern und das Bad bald frei werden würde.

Ich wartete, bis ich endlich duschen gehen konnte, und schlief dabei erneut ein. Nach zwanzig Minuten schoss ich erschrocken aus dem Bett hoch und eilte ins Bad. Zum Glück war es jetzt frei. Das Duschen dauerte nicht so ausgiebig wie sonst. Obwohl ich mich sehr beeilte, hatte ich keine Zeit mehr, um mir Brote zu schmieren und einen Kaffee zu trinken. Heute musste ich darauf verzichten. In derselben Straße, in der sich meine Arbeitsstelle befand, gab es einen Bäcker. Bei dem holte ich mir schnell einen Kaffee und belegte Brötchen. Ich hatte noch knapp zehn Minuten Zeit und entsprechend gehetzt vertilgte ich mein Frühstück.

Während ich meiner Arbeit nachging, dachte ich zurück an heute Morgen. Zwei Frauen unter der Dusche. Ich hatte keine Ahnung, wer mit wem zusammen geduscht hatte, jedoch war es für mich klar, dass eine davon Cora sein musste. Wollte ich es wirklich wissen, welche der Frauen mit ihr zusammen war? Nein, ich hakte das Thema ab. Und obwohl ich mir das fest vornahm, musste ich trotzdem zwischendurch noch darüber nachdenken.

Schließlich hatte ich endlich Feierabend. Bevor ich nach Hause ging, wollte ich noch einkaufen gehen, damit ich etwas zum Futtern hatte.

Als ich endlich daheim eingetrudelt war, fand ich Simone in der Küche vor. Auf dem Tisch stand eine Flasche Bier und ihre Augen waren gerötet.

»Hey«, sagte ich zu ihr. Ich lud meine Einkäufe in den Kühlschrank ein und setzte mich ihr gegenüber. »Was ist los?«, fragte ich.

»Nix!«, antwortete sie trotzig.

»Das sehe ich.«

»Du hattest recht.« Simone trank was aus ihrer Flasche und sah mich aus ihren verheulten Augen an. »Ich hätte mit Cora nichts anfangen sollen.«

»Was ist passiert?«

»Sie ist wieder mit Veronika zugange. Heute früh war es noch so schön und jetzt bin ich wieder der letzte Dreck.«

»Das bist du nicht. Aber du weißt ja, wie Cora tickt. Sie hat mehrere Frauen. Es wird nie nur eine für sie geben und das hast du schon vorher gewusst.«

»Ja, schon. Ich hatte nicht gedacht, dass es mir so viel ausmachen würde.«

»Vergiss sie. Lass dich nicht mehr auf sie ein, sonst tut es noch mehr weh.«

»Ja, ich weiß und ja, du hast recht.« Sie trank ihre Flasche leer.

»Noch eine?«, fragte ich. Simone nickte. »Ich trinke eine mit dir mit.« Langsam bekam ich den Eindruck, dass die WG etwas ausartete, was den Alkoholkonsum anging. Ich musste es definitiv einschränken. Vielleicht klappte es ab morgen.

»Du bist echt eine tolle Freundin«, stellte sie fest.

»Wir kennen uns lange genug und mich macht es wirklich traurig, wenn du traurig bist.« Ich holte zwei Flaschen aus dem Kühlschrank. »Das klang jetzt ganz schön schnulzig«, stellte ich fest.

»Muss ich dir recht geben.« Jetzt lächelte Simone und ich war froh, dass ich sie ein wenig aufbauen konnte.

Ich stellte eine Bierflasche vor ihr ab und setzte mich wieder hin.

»Ich glaube, es wäre besser für dich, sich von ihr komplett zu distanzieren«, sagte ich.

»Ja, natürlich, aber nicht so einfach wenn man

unter einem Dach wohnt.«

Da musste ich ihr recht geben. Die Situation konnte ich aber auch nicht ändern.

»Da haben wir nun den Schlamassel«, stellte ich fest.

»Ich bin selber schuld. Dämlicher kann man ja gar nicht sein. Eigentlich wusste ich es doch und trotzdem handele ich total hormongesteuert.«

»Ja, manchmal bist du wirklich schlimmer als ein Kerl«, sagte ich.

»Aber ...« Simone wurde durch ein lautes Stöhnen unterbrochen. »Gleich morgen besorge ich mir Ohrstöpsel.«

Wir mussten beide lachen, obwohl es nicht wirklich lustig war. Ich stellte fest, dass ich Hunger hatte. Schnell machte ich mir ein paar Brote, die ich hastig vertilgte. Simone saß schweigend gegenüber und trank ihr Bier.

»Ich verzieh mich auf mein Zimmer. Lass den Kopf nicht hängen und stehe drüber.« Ich stellte die leere Flasche in den Bierkasten zurück und ging auf mein Zimmer, um mich etwas auszuruhen und danach bettfertig zu machen.

Am nächsten Abend erlebte ich ein Déjà-vu. Als ich von der Arbeit nach Hause kam, traf ich Veronika in der Küche weinend vor. Sie saß am Tisch, vor ihr standen eine Flasche Bier und eine Packung Taschentücher. Ich hatte schon so eine Ahnung, was passiert war.

»Hey, was ist los?«, fragte ich.

»Hey«, antwortete Veronika schniefend.

»Lass mich raten. Cora?«

»Ich hätte es wissen müssen.«

»Ja, das hättest du. Sie macht ja kein Geheimnis draus, dass sie mit allem, was eine Muschi und Brüste hat, in die Kiste geht.«

»Das stimmt wohl.« Sie putzte sich die Nase mit dem Taschentuch, welches sie noch eben in der Hand zusammengedrückt gehalten hatte.

Eigentlich hatte ich keine Lust, schon wieder ein Bier zu trinken, aber ich wollte sie dennoch etwas aufmuntern und für sie da sein.

»Komm, ich trinke eins mit dir.« Ich holte mir eine kalte Flasche aus dem Kühlschrank und gesellte mich zu Veronika.

»Weißt du? Eigentlich weiß man das doch und trotzdem spielt man mit. Ich stehe auf feste Beziehungen und nicht auf so was da. Ich weiß noch nicht einmal, wie ich das nennen soll. Ein One-Night-Stand ist es ja nicht«, sagte sie.

»Ist auch egal, wie man so was bezeichnen kann. Distanziere dich davon.«

»Ja, natürlich. Trotzdem blöd, wenn sie eine Tür nebenan wohnt und man sich ständig begegnet.«

»Ich weiß.« Ich stand auf und machte mir ein

paar Brote zum Abendessen. Danach trank ich den Rest von meinem Bier aus der Flasche aus und räumte dann alles weg. »Sei nicht traurig. Es gibt noch andere Frauen und die stehen sicherlich auch auf feste Beziehung.«

»Ja, ich weiß. Danke.«

»Aber gerne doch.« Ich ließ Veronika alleine in der Küche und ging auf mein Zimmer. Irgendwas musste ich mir überlegen. Das ging so nicht weiter und die beiden Frauen taten mir leid. Obwohl ich kurz darüber nachdachte, sie erneut nach Janas Nummer zu fragen, ließ ich es dennoch sein. Es war nicht der richtige Augenblick.

18

Ich hatte den ganzen nächsten Tag über die Situation in der WG nachgedacht. Während ich an den Autos schraubte, schmiedete ich einen Plan. Zuerst musste ich mit Cora reden.

Zu Hause, nachdem ich zu Abend gegessen hatte, klopfte ich an Coras Tür. Sie bat mich herein.

»Hey, hast du einen Augenblick?«, begann ich das Gespräch.

»Ja, klar.« Sie sah von ihrem Schreibtisch auf.

Ich setzte mich auf ihr Bett, während sie sich auf dem Drehstuhl zu mir umdrehte.

»Also, pass auf. Ich weiß nicht, ob du es schon mitbekommen hast, aber die Stimmung hier in der WG ist sehr angespannt.«

»Warum ist die Stimmung angespannt? Verstehe gerade nicht.«

»Du machst die Mädels unglücklich. Sie heulen und sind enttäuscht. Lass es doch bitte in Zukunft.«

»Was soll ich lassen? Beide wussten es doch vorher, wie es bei mir läuft.«

»Ja, sie wussten es, aber anscheinend haben sie das Ganze unterschätzt.«

»Das ist nicht wirklich mein Problem.«

»Jetzt sei nicht so. Bist du wirklich so gefühlskalt?«

»Nein, bin ich nicht, aber ich habe keiner von beiden versprochen, treu zu sein. Ist eben so.«

»Lass sie bitte in Zukunft aus deinen Spielchen raus. Wäre das möglich?«

»Das lässt sich machen. Ich habe genug andere Frauen, die nicht so einen Zickenterror machen.«

»Na dann.« Ich stand auf und ging aus ihrem Zimmer. Fassungslos über ihr Verhalten, verkrümelte ich mich in meinen Rückzugsort. Am liebsten würde ich Cora aus der WG rausschmeißen, ging mir kurzzeitig durch den Kopf. Doch so einfach war das natürlich nicht. Ich musste mir unbedingt etwas einfallen lassen.

Noch vor dem Wochenende sprach ich erneut mit Simone und Veronika. Wir hatten eine Idee, wie wir Cora aus der WG rausekeln konnten. An diesem Samstag begann unser Plan.

Als Cora wach wurde und duschen wollte, musste sie erst mal feststellen, dass das Bad besetzt war. Sie machte es so wie ich und ging dann direkt in die Küche, um sich einen Kaffee zu holen. Obwohl sie überall nachgesehen hatte, konnte sie keinen vorfinden. Der Tee war ebenfalls aus. Sie setzte sich auf einen Stuhl und wartete.

Ich musste Simones Ausdauer bewundern. In meinem Zimmer lauschte ich auf Geräusche.

Wir hatten vereinbart, dass Simone um Punkt neun Uhr das Bad verlässt. Dann war ich dran. Noch bevor Cora aus der Küche kommen konnte, machten wir den Wechsel. Simone kam verschwitzt aus dem Bad und ich ging in den überhitzten Raum rein. Eigentlich war es mir viel zu warm, doch verharrte ich in der saunaähnlichen Atmosphäre eine dreiviertel Stunde, bis mich dann Veronika ablöste. Sie blieb ebenfalls fünfundvierzig Minuten. Die Arme hatte es am schlimmsten von uns erwischt.

Als Cora das Bad endlich betreten konnte, war es bereits halb elf. In der Zeit machten wir uns einen Kaffee, als ich ihn aus dem Versteck geholt hatte. Nachdem ich ihn aufgesetzt hatte, füllte ich das Pulver in eine Schüssel um und versteckte sie. Die leere Kaffeedose stellte ich wieder zurück an den üblichen Platz. Wir saßen am Tisch, tranken unseren Kaffee und sahen uns verstohlen an. Keine von uns traute sich, etwas zu sagen. Nur zwanzig Minuten später kam Cora aus dem Bad direkt in die Küche. Sie hatte uns gegenüber noch keinen Verdacht, so wie es aussah.

»Oh, Kaffee. Habe ich vorhin nicht gefunden«, sagte sie, nachdem sie uns mit den Tassen sah.

»Hmm, der stand eigentlich da. Es war aber nicht mehr viel drinnen und ich glaube, der ist jetzt alle«, sagte ich.

Cora ging zu der Dose und sah nach. Auch die Kanne war leer.

»Mist.« Sie verließ die Küche und begab sich auf ihr Zimmer. Nur wenige Minuten später hörten wir sie die Wohnung verlassen.

»Das ist schon ganz schön gemein, was wir da machen«, sagte Veronika.

»Ja, ist gemein, aber anders bekommen wir sie hier nicht raus«, antwortete ich. »Oder wollt ihr das weiter so mitmachen?«

»Nein, bloß nicht«, sagte Simone.

Wir nutzten die Gelegenheit und schmiedeten weitere Pläne, nachdem ich eine zweite Kanne Kaffee aufgesetzt hatte.

In dieser Woche war auch Cora mit dem Müll raustragen an der Reihe. Und da es mal wieder Montagfrüh voll war, nahm sie den Restmüll direkt mit, als sie sich auf dem Weg zur Arbeit machte. Das Fluchen im Treppenhaus war nicht zu überhören und als sie wieder zurück in der Wohnung auftauchte, fluchte sie noch weiter. Mit einer Schaufel und einem Besen verschwand sie erneut im Treppenhaus. Sie war immer morgens sehr spät dran und ich wusste, dass sie sich heute in der Arbeit verspäten würde. Mein Plan war aufgegangen. Ich hatte etwas Angst, dass sie es mit der Tüte nicht ins Treppenhaus schaffte, dann hätten wir den Müll in der Wohnung auf dem Boden liegen gehabt. Ich lag noch im Bett, lauschte und musste grinsen. Ich war mir sicher, dass Simone und Veronika das Gleiche taten.

Es hatte nicht lange gedauert und Cora war wieder da. Alles lief nach Plan. Ihren Autoschlüssel, der sich normalerweise in der Jackentasche befand, hatte Simone gestern Abend versteckt. Sie legte ihn unter das Schuhregal. So hatte es den Anschein, als wäre er aus der Tasche rausgefallen.

Ich hörte Cora fluchen und als sie nach zehn Minuten immer noch suchte, verließ ich mein Zimmer.

»Guten Morgen. Was machst du denn für einen Lärm?«, fragte ich.

»Mist. Ich finde meinen Autoschlüssel nicht. Bin schon mega spät dran.«

»Wo hattest du ihn denn zuletzt?«

»Ist eigentlich immer in meiner Jackentasche. Ich kann es mir nicht erklären.«

Ich ging in die Knie und sah in jeden Schuh hinein. Dieses Schauspiel musste mir Cora abnehmen. Schließlich war ich in der unteren Reihe angelangt und dann sah ich unter dem untersten Boden.

»Da ist er ja«, sagte ich, als ich ihn hervorholte.

»Super. Danke.« Cora riss ihn mir aus der Hand, rannte aus der Wohnung und ließ die Wohnungstür hinter sich zuknallen.

»Die Luft ist rein, Mädels«, rief ich, nachdem ich mich wieder aufgerichtet hatte.

Zwei Türen wurden zeitgleich aufgerissen. Simone und Veronika standen grinsend im Flur.

»Kaffee?«, wollte ich wissen.

Wir nahmen uns an dem Montag ein wenig mehr Zeit als üblich. Schließlich wollten wir die nächsten Pläne schmieden. Wir mussten dranbleiben, um Coras Auszug aus der WG zu erreichen.

»Also, habt ihr Ideen?«, fragte ich.

»Ich hatte echt lange überlegt, aber es ist nicht so einfach. Zu blöd dürfen wir nicht werden«, sagte Simone.

»So geht es mir auch«, erwiderte Veronika.

»Okay, vielleicht sollten wir einfach mit ihr alle zusammen reden?«, schlug ich vor.

»Wir können es versuchen«, sagte Simone. Veronika nicktc.

»Gut, dann sollten wir es so schnell wie möglich. Ihr seid heute Abend ja auch da, dann versuchen wir es am besten direkt, wenn sie zu Hause ist.«

Der Vorschlag wurde angenommen und wir brachen schließlich alle zur Arbeit auf. Während ich an den Autos schraubte, war ich schon in meinen Gedanken bei dem Gespräch mit Cora.

19

Wir saßen am Abend alle zusammen in der Küche und warteten, bis Cora nach Hause kam. Sie ließ sich Zeit. Um neunzehn Uhr dachten wir schon, dass sie eventuell woanders übernachten würde, doch dann wurde die Tür aufgesperrt. Wir hörten mitten im Gespräch auf und sahen uns verstohlen an. Ich stand auf und ging in den Flur. Während Cora sich gerade ihrer Jacke und Schuhe entledigte, stand ich in der Küchentür und wartete auf den richtigen Moment, um sie anzusprechen.

»Hey«, sagte ich schließlich.

Cora sah erschrocken auf.

»Sorry, wollte dich nicht erschrecken. Hättest du ein paar Minuten Zeit?«

»Ähm, jetzt?«

»Ja, wäre toll. Wir warten in der Küche, wenn du so weit bist.«

Cora sah mich etwas überrascht an.

»Ich komme gleich. Muss nur ein Telefonat führen.«

»Okay. Bis gleich.« Ich ging wieder zurück in die Küche und setzte mich zu den anderen zwei Mädels an den Tisch. Wir warteten, ohne etwas zu sagen.

Nach einer viertel Stunde hörten wir die Tür zu Coras Zimmer aufgehen. Wir richteten uns erwartungsvoll auf, doch sie ging zuerst ins Badezimmer. Weitere fünf Minuten vergingen, bis Cora schließlich in der Küche stand.

»Setz dich«, sagte ich.

Sie folgte meiner Aufforderung.

»Ich kann es mir schon denken, worum es geht.«

»Okay, dann brauchen wir auch keine große Rede schwingen«, erwiderte ich.

»Ihr wollt mich also hier raushaben? Verstehe ich. Nachdem ihr so verklemmt seid, könnt ihr nicht so gut mit meiner Lebensweise umgehen.«

»Das siehst du so. Fakt ist, dass es eine ziemliche Unruhe hier in die WG reinbringt und das harmonische Miteinander nicht mehr gewährleistet ist. Das kann so auf Dauer nicht funktionieren«, sagte ich.

»Eventuell hätte ich schon ab nächster Woche ein neues Zimmer, allerdings kann ich dann keine Kündigungsfrist einhalten.«

Ich sah die anderen beiden Mädels an und wusste, dass es ihnen auch egal war.

»Ich denke, das wäre kein Problem. Wir finden sicherlich schnell einen Ersatz.«

»Okay. Dann ziehe ich das Wochenende aus.« Cora stand auf und ging zurück auf ihr Zimmer.

Wir warteten noch einen kurzen Moment, bis

sich Simone wieder traute, etwas zu sagen.

»Ist gut gelaufen. Hätte ich nicht gedacht, dass sie sich bereits schon nach etwas Neuem umsah.«

»Ich auch nicht«, sagte Veronika.

Wir waren alle erleichtert und hatten eine Sorge weniger.

»Wisst ihr was? Ich rufe direkt bei Tanja an und frage sie, ob sie noch Interesse an dem Zimmer hätte«, schlug ich vor.

»Ach ja, die wollte ja auch und war ganz nett. Einen Versuch ist es wert«, sagte Simone.

Ich holte mein Handy aus der Gesäßtasche und suchte sie in meinen Kontakten raus. Zum Glück hatte ich sie noch nicht gelöscht. Als ich ihre Nummer wählte, klingelte es sehr lange, dann ging die Mailbox dran. Ich hinterließ eine Nachricht und bat um Rückruf.

»Mal sehen, vielleicht klappt es ja. Wäre toll, wenn wir nicht schon wieder eine Suchanzeige reinstellen müssten«, sagte ich.

»Das wäre von Vorteil.« Simone verdrehte ihre Augen.

Wir saßen noch eine Weile zusammen und unterhielten uns über belanglose Dinge. Ich versuchte, Veronika etwas sanfter zu stimmen und als ich das Gefühl hatte, sie sei entspannt, wagte ich einen neuen Versuch.

»Veronika?«

»Hmm?«

»Besteht vielleicht eine klitzekleine Möglichkeit, dass du mir Janas Nummer doch gibst?« Ich legte meine Hände zusammen, als würde ich betten.

»Ihr zwei nervt!«

»Wieso zwei?«

»Jana wollte auch deine Nummer. Sie hat nicht lockergelassen.«

»Und? Hast du sie ihr gegeben?« Ich war überglücklich, zu hören, dass auch Jana sich bemüht hatte. Also mochte sie mich auch.

»Sie hätte mir sonst die Freundschaft gekündigt. Hab ihr heute Nachmittag deine Nummer geschickt.«

»Danke, danke.« Mein Herz machte Luftsprünge.

In dem Moment erschrak ich, als mein Handy, welches ich noch in der Hand hielt, klingelte.

»Hallo?« Ich sah, dass es Tanja war.

»Hallo, Julia, danke für deine Nachricht. Klar würde ich gerne bei euch einziehen. Ich bin ja immer noch auf der Suche.«

»Super! Wann magst du? Ab nächster Woche ist das Zimmer frei.«

»Dann würde ich direkt nächste Woche wegen dem Mietvertrag und Schlüssel vorbeikommen. Wann passt es dir?«

Ich machte mit Tanja einen Termin für Mittwochabend aus. Wir hatten Glück, dass wir direkt jemand Neues für das Zimmer hatten.

»Am Mittwoch kommt Tanja wegen Vertrag. Also, alles gut gegangen und wir müssen nicht suchen.«

Veronika und Simone waren ebenfalls hellauf begeistert. Zum Glück hatten wir keine Mieteinbußen.

»Hat Jana eigentlich gesagt, wann sie sich bei mir meldet?«, fragte ich Veronika. Ich war so sehr aufgeregt.

»Warum sollte sie mir das sagen? Ich weiß noch gar nicht, ob sie meine Nachricht schon gelesen hat. Ich glaube, sie wollte heute länger arbeiten.

»Na gut.« Für mich konnte es nicht schnell genug gehen. Ich ließ den Kopf ein wenig hängen und musste mich meinem Schicksal doch ergeben. »Ich gehe dann mal auf mein Zimmer. Gute Nacht, Mädels.«

Simone und Veronika gingen ebenfalls auf ihre Zimmer. Ich legte mich auf mein Bett, das Handy neben mir, und wartete auf eine Nachricht von Jana.

Immer wieder sah ich auf dem Handy nach, ob vielleicht doch schon eine Nachricht gekommen war und ich es nur nicht mitbekommen

hatte. Und immer wieder legte ich es dann enttäuscht zur Seite und wartete weiter. Es war
schon nach einundzwanzig Uhr, als mein Handy klingelte. Unbekannte Nummer. Ich ging
ran.

»Hallo?«, sagte ich vorsichtig.

»Hallo, Julia. Hier ist Jana.«

»Hallo, Jana. Ich freue mich, dass du dich
meldest.« Mein Herz machte einen Purzel-
baum.

»Na ja, es war nicht so einfach, deine Nummer
zu bekommen.«

»Du hast es wenigstens geschafft. Ich war er-
folglos. Veronika war ziemlich stur.«

»Das kann sie. War auch irgendwie blöd, dass
wir unsere Nummern nicht direkt ausgetauscht
hatten.«

»Dafür waren wir etwas zu blau.« Ich kicherte
in mein Handy.

»Ja, vielleicht. Und wie geht es dir?«, fragte
sie mich.

Ich erzählte ihr die Geschichte mit Cora und
dass wir bereits Ersatz für das Zimmer hatten.

»Das ist ja dann noch glimpflich ausgegangen«, jubelte Jana.

»Zum Glück.« Es herrschte eine kurze Pause,
bis ich all meinen Mut in die Hände nahm.
»Was machst du morgen Abend?«

»Noch nichts.«

»Hast du Lust ...?« Ich schloss noch nicht ab. Jana kam mit ihrer Antwort zuvor.

»Klar. Ich habe Lust auf ein Date mit dir.«

»Ich freue mich.«

»Ich auch.«

»Ich schicke dir morgen eine Nachricht wegen Abendessen, okay?«, schlug ich vor.

»Du kannst auch mehrere Nachrichten schicken und nicht nur eine.«

»Klar.« Ich mochte ihren Humor immer noch.

»Dann, bis morgen?«

»Bis morgen«, sagte sie und legte auf.

Nachdem ich mein Handy zur Seite gelegt hatte, grinste ich vor mich hin. Ich dachte an die Küsse, ihren Geruch und das süße Grinsen. Sie war einfach bezaubernd. Mein Handy piepste, ich schaute drauf. Eine Whatsapp-Nachricht von Jana.

»Ich freue mich auf morgen und auf dich!«, schrieb sie.

»Ich freue mich auch. Sehr!« Ich drückte auf Senden und sah direkt danach die zwei grünen Häkchen.

Ich kam mir ein wenig, wie ein Teenager vor und das war ein schönes Gefühl. Möglicherweise war ich dabei, mich neu zu verlieben. Diesem Gefühl gab ich mich hin und träumte von einer harmonischen Beziehung mit Jana.

Für morgen nahm ich mir vor, Susis Geburtstagsgeschenk in den Keller zu räumen. Es stand immer noch auf dem Boden und mir ständig im Weg.

Danke

An dieser Stelle möchte ich mich bei allen Menschen bedanken, die mich so nehmen und akzeptieren, wie ich bin. Danke, dass ihr jederzeit an das glaubt, was ich tue und immer wieder erwartungsvoll fragt, wann ein neues Buch erscheint. Das spornt mich an, weiterzumachen, auch wenn ich manchmal aus Zeitgründen länger pausieren muss.

Es ist ein schönes Gefühl zu wissen, dass ich tolle Freunde habe, die mir stets zur Seite stehen und auch mir eine ehrliche Meinung zu meinen Texten und Büchern mitteilen. Nur aus Erfahrung wächst man und nur aus Fehlern lernt man.

Ich hoffe, auch diesmal hatten meine Leser Freude daran, die Geschichte über Julia und ihre WG zu lesen. Wenn es der Fall ist, dann könnt ihr im dritten Teil erfahren, wie es mit ihr und den Frauen weiter geht. Eins kann ich jetzt schon versprechen, es wird sehr emotional. Und ob Julia endlich ihre große Liebe findet, das werde ich natürlich nicht verraten. Lasst euch überraschen.

Ohne Leser würden Bücher nicht leben und

ohne Bücher würde man weniger tagträumen. Das behaupte ich jetzt einfach mal und möchte mich somit bei meinen treuen Lesern bedanken. Es ist schön, zu wissen, dass ihr meine Bücher mögt und dass ich euch mit meinen Geschichten für ein paar Stunden entführen kann.

Wir lesen uns im dritten Teil der Frauen-WG. Eure, Anna.

Weiter Bücher von Anna Laub:

Vielleicht bleibe ich doch noch zum Frühstück
LGBT-Roman
ISBN 9 783750 441385

**Weiter Bücher als Anna J. Eichenlaub
veröffentlicht:**

Ort der verlorenen Seelen
Fantasy Roman
ISBN 9 783752 823301

Walzer, Wein & Altenheim
Roman
ISBN 9 783749 428755